Hubert Lechner

*Der lateinische Schal
oder
die sechste Theorie,
wie Rosenheim zu seinem Namen kam*

Hubert Lechner

DER LATEINISCHE SCHAL

oder

die sechste Theorie,
wie Rosenheim zu seinem Namen kam

Eine seltsame Heimaterzählung

© 2013 Erschienen im Eigenverlag
ISBN 978-3-00-042468-7
Zweite Auflage (Oktober 2013)
Autor: Hubert Lechner / Stephanskirchen
Druck und Bindung: Verlag T. Lindemann / Offenbach
Titelfoto und Layout: Petra Kirchner / Neubeuern

Für meine Eltern

INHALTSVERZEICHNIS

Vorwort 9
1-2-3-4, Rosenheim erscheint auf dem Papier

Prolog 25

Halbzeitpause in der Sportgaststätte 28

Der erste Teil der Heimatgeschichte 38

Eine unbemerkte Zuhörerin 87

Der zweite Teil und das Ende der Heimatgeschichte 92

Änderung der Blickrichtung 113

Der Traum und die Konsequenz daraus 124

Epilog 137

VORWORT*
1-2-3-4, Rosenheim erscheint auf dem Papier
Eine Führung durch die Rosenheimer Geschichte

*Dieses Vorwort ist eher etwas für geschichtsinteressierte Mitmenschen; falls dies nicht gegeben sein sollte, bitte weiterlesen ab Seite 25.

Rosenheim ist eine wunderbare Stadt im Südosten Bayerns, umgeben von vielen Seen, an der Grenze zu den Bergen am grünen Inn gelegen, heute geachtet als Verkehrsknotenpunkt, Fachhochschulstadt und wichtiger Wirtschaftsstandort. Berühmt für seine fünfte Jahreszeit, die Wies´n, im Sportgedächtnis haften geblieben durch seine drei gewonnenen deutschen Eishockey-Meisterschaften in den Achtzigern. Cineastisch verewigt im Filmtitel Out of Rosenheim und durch die eifrigen Rosenheim-Cops, die jeden Mordfall im ZDF-Vorabendprogramm lösen. Und musikalisch genial festgehalten von der Band Sportfreunde Stiller.

Rosenheim und seine Umgebung sind wahrlich Perlen in Bayern. Glücklich der Mensch, der dort seine Heimat gefunden hat und dies zu schätzen weiß.

Meine Brötchen (in Bayern Semmeln) verdiene ich mir im High-Tech-Bereich der optischen Messtechnik bei einem mittelständischen Unternehmen in der Nähe von Rosenheim. Neudeutsch nennt man solche Firmen »hidden champions«, auf gut bayerisch, »normale Leit mit vui Verstand und am G´fui für´s G´schäft«. Wenn ich beruflich bedingt Kunden aus nördlichen Bundesländern oder anderem Ausland zu Projektbesprechungen zu Besuch habe und die Partner eine Übernachtung in deren Dienstreise eingeplant haben, bietet es sich immer hervorragend an, ein gemeinsames Abendessen in der Rosenheimer Innenstadt einzunehmen. Nach einem stundenlangen Meeting (früher nannte man dies Besprechung), in dem die Köpfe ordentlich geraucht haben, sind alle ausgesprochen durstig auf ein kühles bayerisches Bier. Besonders die Preußen und Asiaten. Einer fragte mich doch tatsächlich allen Ernstes: »Sagen Sie mal, was essen denn die typischen Bayern so?«

Naja, auf jeden Fall keine Hunde und Schlangen.

Vor dem gemeinsamen Dinner unternehme ich mit meinen Gästen immer einen kleinen Fußweg durch die Rosenheimer Innenstadt, meist am Rathaus oder Lokschuppen startend, die lange Rathausstraße entlang bis zum Max-Josefs-Platz mit seinen sehenswerten Bürgerhäusern, durch das Mittertor, einen Blick auf den Ludwigsplatz werfend und schließlich zurück zum letzten Ziel, dem Nepomuk-Brunnen. Auf dem Weg und am Brunnen stehend erzähle ich dann als kleinen kulturellen Aperitif den Kunden ein wenig über die Örtlichkeiten, den Inn-Salzach-Baustil und Allgemeines zur Rosenheimer Geschichte. Zugegeben, manchmal kommt mir die eine oder andere scherzhafte Bemerkung über die Lippen und die Ausführungen haben ein kleines Übergewicht in römischer Geschichte. Aber jeder hat bekanntlich seine Steckenpferde. Seit der dritten Klasse, mit dem Beginn der Asterix-Lektüre, dominieren bei mir nun mal die alten Römer. Schon mehrmals wurde ich noch Jahre später von den Kunden bei einem Wiedersehen auf Konferenzen oder Messen, wenn das gemeinsame Projekt längst abgeschlossen war, auf die Schönheit und interessante Historie Rosenheims angesprochen. Es blieb also doch etwas von der Miniführung im Gedächtnis hängen, was mich zugegebenermaßen schon sehr freut.

Möchten auch Sie mit mir einen solchen Ausflug in Rosenheims Geschichte machen? Aber gerne doch.

Stellen Sie sich vor, Sie stehen an einem lauen Sommerabend im Zentrum Rosenheims, auf dem wärmespendenden Kopfsteinpflaster des Max-Josefs-Platzes, rundherum die dezent farbigen Fassaden der stattlichen Bürgerhäuser im Inn-Salzach-Stil, kein Auto ist zu hören. An den Tischen vor den Wirtschaften sitzen die unterschiedlichsten Leute, jung und alt, dumm und g´scheit, in Gespräche vertieft zusammen, vereinzelt ein deftiges bayerisches Abendessen und ein frisches Weißbier vor sich stehend.
  Los geht´s.

Das Jahr, in dem die Burg Rosenheim erstmalig urkundlich erwähnt wurde, kannte zu meiner Grundschulzeit beim

Abfragen im Fach Heimat- und Sachkunde noch jede Schülerin oder Schüler. Einfach die ersten vier Ziffern nacheinander an die Tafel gekritzelt: 1234. So einfach ist Geschichte! Das Jahr 1234. In einer Schenkungsurkunde an das Kloster Rott am Inn erscheint Graf Konrad von Wasserburg als Eigentümer der Burg »Rosinheim« und des dazugehörigen Amtes (officium). Dem Kloster wurde in der Urkunde der Zehnte (zehn Prozent) der Einkünfte aus den Gütern zugestanden. In Anlehnung an einen anderen bekannten Merkspruch »7-5-3, Rom schlüpft aus dem Ei« hatte ich mir als Kind auch eine Eselsbrücke gezimmert:
»1-2-3-4, Rosenheim erscheint auf dem Papier«

Meinen Vorschlag kommentierte der Lehrer damals in der vierten Klasse mit den Worten: »So a Schmarrn« (Anm.: Schmarrn = österreichische, wohlschmeckende, kalorienträchtige, süße Mehlspeise; hier jedoch eher im übertragenen Sinne zu interpretieren d.h. Blödsinn, Dummheit, Unsinn).

Je nach persönlichem Interesse an Geschichte und Gewissenhaftigkeit der Vorbereitung am Tag zuvor kamen dann beim Abfragen des Delinquenten an der Tafel mehr oder weniger vollständige Angaben zu Rosenheims Entwicklung im Laufe der Zeit.

Also, zuerst fielen die expansionswütigen Römer vom Brenner kommend unter der Führung der beiden Stiefsöhne des Kaisers Augustus, Drusus und Tiberius, um 15 v. Chr. in unser Land ein. Damals waren wir noch langhaarige Kelten mit Fellkleidung und lebten in Lehmhütten (nur Erdgeschoss, ohne DSL-Anschluss). Roms Legionen brachten mit dem Schwert den römischen Frieden (Pax Romana), den schweren Rotwein und den Lateinunterricht in die bayerischen Gymnasien. Schönen Dank noch mal an die beiden Herren. Die Spaghetti kamen erst einige Jahrhunderte später mit Marco Polo aus China, aber das ist eine andere Story.

Die alten Römer errichteten nördlich von Rosenheim bei Mühltal eine Brücke über den Inn und die kleine Militärstation zur Bewachung wurde **Pons Aeni** (= Innbrücke) genannt. Schon im ersten Jahrhundert besaß der Vorläufer von Rosenheim eine strategische Bedeutung als Verkehrsknotenpunkt: der Inn als Wasserweg nach Norden fließend und die sich kreuzenden Fernstraßen von Süd (Veldidena, Ort bei Innsbruck) nach Nord (Castra Regina = Regensburg) und von Ost (Iuvavum = Salzburg) nach West (Augusta Vindelicorum = Augsburg). Es gibt leider keine Aufzeichnungen in den Annalen des berühmten römischen Geschichtsschreibers Tacitus (58 – 120 n. Chr.), ob die Straßen zu Beginn und am Ende der Ferienzeit regelmäßig von sonnenhungrigen Barbaren aus dem Norden am Inntal-Kreuz verstopft waren oder ob es durch umgefallene holländische Wohnwägen zu endlosen Staus gekommen ist.

Nun, die Römer hatten sich mit den ansässigen Kelten vermischt (romanisiert). Es gefiel ihnen so gut in der Rosenheimer Gegend, dass sie fast 500 Jahre blieben. Eine Berufsgruppe war besonders fleißig und geschäftstüchtig,

die Töpfer. **Terra sigillata**, so lautet der Name des rotgebrannten tönernen Gebrauchsgeschirrs (wörtliche Übersetzung: mit kleinen Figuren verzierte Erde), welches in großem Umfang im Norden Rosenheims (Stadtteil Westerndorf und Pfaffenhofen) hergestellt und per Schiff über Inn und Donau bis in die entlegenen Provinzen Pannonien und Dacien (Ungarn und Rumänien) verkauft wurde. Hätte es im zweiten Jahrhundert schon den großen schwedischen Möbeldiscounter (die mit dem Elch) im römischen Weltreich gegeben, die Rosenheimer Gebrauchstonwaren der Marke Terra sigillata wären auf jeden Fall nahe der Kassen im günstigen Vierer-Pack angeboten worden. Dass es sich um ein Originalgeschirr handelt, erkennt man am Herstellungssiegel
  Factum in Ponte Aeni,
  (heute hieße es **Made in Rosenheim**).

 Keine Frau in einer noch so weit entfernten Provinz des Imperium Romanum hätte widerstehen können. Auch der Hinweis des erschöpften Ehemanns im Schlepptau, dass zu Hause in der Villa Rustica (Landhaus) die Schränke von allem möglichen Geschirr schon zu bersten drohen, wäre von der Frau mit dem Hinweis abgetan worden: »Schau doch mein Schatz, das ist Original *Factum in Ponte Aeni*. Das ist Qualitätsware aus der Provinz Raetien, aus Pons Aeni. Das Geschirr kann man immer mal gut gebrauchen.«
 Die Frau deutet mit dem Zeigefinger, mit dem sie den kompletten Haushalt und alle Sklaven zu dirigieren versteht, auf eine graue Steintafel, die neben den aufgetürmten Tongefäßen steht: »Und Liebling, schau mal was auf der Tafel

steht. Diese Serie gibt es nur noch bis Mitte des fünften Jahrhunderts.« Der besonnene, friedliebende Ehemann, der weiß, wann es klüger ist, keine Endlosdiskussion mit seinem lieben Weibe zu beginnen, schaut gen Himmel, murmelt »Oh Jupiter, hilf mir!« und greift in seine Toga, um seine letzten Sesterzen dem grinsenden Sklaven an der Kasse zu reichen. Und falls mal ein Teller bricht, muss man wieder einen Vierer-Pack kaufen. Einzelteile des Geschirrs gibt es nicht. Ein ausgeprägter Geschäftssinn im Rosenheimer Raum hat sich bereits im zweiten Jahrhundert angedeutet.

Wie ging es weiter mit den Römern? Nun ja, als im Kernland des Imperiums (Mittelitalien) und in Rom selbst wegen der Goten- (410 n. Chr.) und Vandaleneinfälle (455 n. Chr.) mächtig die Hütte brannte und Schluss war mit Bunga-Bunga Parties auf dem Palatin (Hügel, auf dem der Palast des Herrschers stand), zogen die weströmischen Kaiser nach und nach zum eigenen Schutze alle Legionäre aus den Randprovinzen des Reiches ab, so auch aus Noricum (östlich vom Inn) und Raetien (westlich vom Inn). Die letzten Römer verließen Bayern um 475. Sie hatten uns viel gebracht: Architektur, Straßen, Esskultur, Obst- und Weinbau und die lateinische Sprache. Und den Nervenkitzel vor dem Vokabelabfragen im Lateinunterricht. Darauf hätten viele Schüler in Bayern gerne verzichtet, ich auch.

Die Hunneneinfälle und die daraus folgenden andauernden Völkerwanderungen (ab 375 n. Chr.) sorgten im Rosenheimer Umland für weitere Genvermischungen in der Urbevölkerung, und Mischlinge sind ja bekanntlich besonders gesund, widerstandsfähig und zäh (wer schon mal beides, einen reinrassigen Hund und einen Mischling, hatte, kann das sicher bestätigen). Bei den Rosenheimern kann man diese Zähigkeit noch heute während der Wies´n beobachten, wenn männliche paarungswillige Eingeborene stundenlang im Festzelt hocken, literweise Märzenbier in sich hineinschütten und erst kurz vor der Blasenexplosion den Weg zur gefliesten Rinne finden. Aus Sicht der Evolution ein echter Wettbewerbsvorteil im Fortpflanzungsstreben. Das Männchen setzt das Weibchen, welches es anbalzt, nur kurz der Gefahr des Abwerbens durch die an den Nachbartischen sitzende maskuline Konkurrenz aus. Weitere Beispiele zum Thema Evolutionstheorie finden sich bei Interesse in Charles Darwins Hauptwerk »Über die Entstehung der Arten« (1859), dort sind es aber keine Rosenheimer Wies´nbesucher sondern eher Finken und Schildkröten.

Stets mit Rosenheim verbunden ist seit den Römern die Innschifffahrt, und die ursprüngliche Siedlung von Schiffsleuten auf der westlichen Flussseite gewann im Mittelalter durch den Handel als wichtiger Güterumschlagsplatz immer mehr an Bedeutung. Das Marktrecht erhielt Rosenheim 1328. Auf dem Inn wurden unterschiedlichste Waren wie Vieh, Getreide, Waffen, Salz, Öl etc. zwischen Hall in Tirol und (weiter über die Donau) Wien und Budapest transportiert. Die Rosenheimer waren schon immer geschäftstüchtige Leute, und so brachten es die ansässigen Schiffsmeister (vergleichbar mit heutigen Spediteuren) bis ins 16. Jahrhundert zu erheblichem Reichtum.

Dann folgte das 17. Jahrhundert, ein richtiges Katastrophenjahrhundert für Rosenheim:

Dreißigjähriger Krieg (1618-1648), Pestepidemien (1606; 1634), siebzig Truppeneinquartierungen (1632-1699), Hochwasser (1641; 1647) und fürchterliche Großbrände (1607; 1641; 1684), die das mittelalterliche gotische Ortszentrum nahezu völlig zerstörten. Besonders tragisch aus historischer Sicht war der Abbrand des Stadtarchivs mit sämtlichen Niederschriften im Jahre 1641.

Am Ende des Dreißigjährigen Krieges kamen auch noch die Schweden, nicht auf Elchen sitzend mit deftigem Köttbullar und billigen Bücherregalen im Gepäck, sondern mit den typischen Waffen, die in diesem irrsinnigen europäischen Großgemetzel verwendet wurden (Hellebarden, Degen und Musketen) und plünderten den Markt Rosenheim. Das 17. Jahrhundert, ein fürchterliches Jahrhundert für die Innstädter, es war zum Davonlaufen. Dann brach auch noch die Haupteinnahmequelle Rosenheims, der Handelsverkehr mit den österreichischen Ländern, zusammen, weil sich die Handelsrouten vom Inn weg verlagerten. Heute würde man in der Börsensprache sagen, die Rosenheim-Aktie hat erhebliche Kursverluste hinnehmen müssen, das Kerngeschäft der AG ist aufgrund der geänderten Wettbewerbssituation deutlich in Gefahr. Die Analysten empfehlen, keine weiteren Rosenheim-Aktien ins Depot zu nehmen und die vorhandenen Anteile bei dem derzeit niedrigen Verkaufspreis zu halten. Vielleicht bessert sich die Lage in ein paar Jahren.

Und tatsächlich fand sich ein neues Geschäft: das weiße Gold, Salz!

Mit einer noch heute beeindruckenden technischen Leistung wurde in einer hölzernen Rohrleitung die Sole (salzhaltiges Wasser) aus dem über 100 Kilometer östlich gelegenen Reichenhall nach Rosenheim gepumpt. Rosenheim konnte dank seiner Torfböden in der näheren Umgebung das in großer Menge erforderliche Brennmaterial bieten, das für die Befeuerung der Sudpfannen notwendig war. Die Saline entstand im Jahr 1810 auf dem Gelände des ein Jahr zuvor abgerissenen Kapuzinerklosters (es war die Zeit der Säkularisation). So wurde Rosenheim neben Reichenhall und Traunstein der dritte Salzproduktionsstandort in Bayern. Ein weiterer wichtiger Schritt für die erfolgreiche wirtschaftliche Entwicklung Rosenheims war der frühe Anschluss an das Eisenbahnnetz. In den Jahren 1857 bis 1860 wurden die Eisenbahnlinien München-Innsbruck und München-Salzburg in Betrieb genommen. 1858 wurde der Rosenheimer Bahnhof eingeweiht. Kaum eröffnet, war er schon zu klein und wurde 1876 auf seinen heutigen Standort verlegt. Gut, dass sich die damaligen Städteplaner und Ingenieure in dem Planungsbüro total verschätzten (so was kommt heute natürlich nicht mehr vor), denn so können im umfunktionierten Lokschuppen regelmäßig sehenswerte Landesausstellungen besucht werden. Es ist schon bemerkenswert, was in Rosenheim in den letzten Jahren zu Exponaten wurde: Römer, Russen, Adelige, Indianer, Gewürze, Dinosaurier, Kraken und ein antiker makedonischer Superstar.

Das erste Bahnhofsgebäude wurde 1878 schließlich zum Rathaus der Stadt, aber dem deutschen Fernsehpublikum ist es eher bekannt als Polizeipräsidium in der Serie »Die Rosenheim-Cops«, in dem Kommissar Hartinger mit dem Weißbier in der Hand immer als einziger den Durchblick behält.

Es hat verhältnismäßig lange gedauert, ehe Rosenheim im Jahr 1864 das Stadtrecht vom bayerischen König Ludwig II. erhielt, und zu diesem Zeitpunkt florierte bereits das (Geschäfts-)Leben in der Stadt. Die wirtschaftliche Blüte Ende des 19. und Anfang des 20. Jahrhunderts kann man noch heute an den prächtigen Fassaden vieler Bürgerhäuser im Baustil der Gründerzeit und des Jugendstils erkennen. Der Gillitzer-Block (1897) mit seinem neoklassizistischen Baustil, benannt nach seinem Erbauer Thomas Gillitzer, ist wohl das bekannteste Gebäude.

Im Ersten Weltkrieg (1914 - 18) ließen 458 Rosenheimer Söhne und Väter in den Schützengräben ihr Leben für das Zweite Reich (1871 - 1918). Für zwei Jahre war die Innstadt anschließend eines der Zentren für die revolutionäre Bewegung und die Räteherrschaft in Bayern.

Rosenheims Geschichte im Dritten Reich ähnelt der vieler Städte. Auch hier gab es Verfolgte, Mitläufer, Helden, Feiglinge und stillen Widerstand, und viele Familien, die im Zweiten Weltkrieg (1939-45) ihre Söhne und Väter auf Europas Schlachtfeldern verloren. Ein Rundgang auf dem städtischen Friedhof und das Lesen der Grabinschriften erden einen Menschen, der nie Diktatur, Krieg und Hunger in seinem Leben erfahren musste.

Die vierzehn Bombardements der Stadt in den Jahren 1944/45 kosteten 201 Einwohnern das Leben, wobei der militärisch wichtige Rosenheimer Bahnhof zerstört wurde. Der Krieg endete für Rosenheim mit der Besetzung durch die US-Streitkräfte kampflos am 2. Mai 1945, sechs Tage vor der Kapitulation Deutschlands. Durch Flucht und Vertreibung der Menschen aus den Ostgebieten wuchs die Bevölkerungszahl Rosenheims, und im Jahr 1950 waren von den 30000 Einwohnern über 7000 Flüchtlinge und Aussiedler. Es folgten Jahre der rasanten wirtschaftlichen Entwicklung: im Rückblick verzückend Wirtschaftswunder genannt, mit dem großen Fressen, Bauboom und Sexwelle. In der Rosenheimer Gegend fanden einige Unternehmer ihren Standort und die Firmen wuchsen in ihren Märkten zu weltweiter Bekanntheit heran. Heute sind es nicht mehr »terra sigillata« wie vor zweitausend Jahren in Pons Aeni, sondern eher Antennen, schnelle Motorräder, Schuhe, Baumwoll-Freizeitkleidung, optische Sensoren und Parkettböden. Die Einwohnerzahl stieg kontinuierlich auf den heutigen Stand von 60000 Menschen. Und gefühlt hat jeder davon mindestens ein Auto, das am Samstagvormittag einen Parkplatz braucht.

Wir sind nun fast am Ende der kurzen Führung angelangt und ein Punkt ist noch offen. Wie kam Rosenheim eigentlich zu seinem Namen? Diese Frage konnte bis heute noch nicht eindeutig beantwortet werden, es gibt fünf ernst zu nehmende Theorien.

Die einfachste Erklärung (Theorie Nr. 1) liefern die Erbauer der Burg Rosenheim. Die Burg stand am östlichen Innufer auf einer Kuppe, dem Schloßberg, und sicherte die Brücke und somit die Straßenverbindung. Wie gesagt, in einer Schenkungsurkunde wurde die Burg Rosenheim erstmals urkundlich erwähnt. Hand hoch, wer weiß noch die Jahreszahl? Der Name könnte sich aus den Rosen ableiten, welche die Eigentümer der Burg, die Hallgrafen von Wasserburg, in ihrem Wappen führten.

Die zweite Theorie ist eher tierischer Natur. Rosenheim hieß im Mittelalter **Rossenheim**, und *Rösser* waren in großer Anzahl notwendig, um die Treidelzüge stromaufwärts zu ziehen. Nahe der Brücke befanden sich große Stallungen, und Rossenheim war ein wichtiger Anlegeplatz für die Schiffszüge. Noch heute erinnern Straßennamen an die Rösser in der Vergangenheit, so z.B. »Am Esbaum« (Baum, an dem die Pferde ästen) oder »Am Roßacker«.

Eine andere Wortverwandtschaft führt uns zu Theorie Nummer 3. Mit »Roas«, oder »Roze« bezeichnete man im Mittelalter Sumpf oder Torfland, also Land wie es um »Rozenheim« vorzufinden war. Sehr deutlich wird der Zusammenhang zum moorigen Umland im Namen von Rosenheims kleiner Nachbarstadt: Kolbermoor.

Theorie Nummer 4 bezieht sich auf die Schönheit von Frauen. Früher nannte man ein schönes Mädchen oder schöne Frau auch eine Rose. Umberto Eco gab sogar einem seiner Romane in diesem Sinne den Titel »Der Name der Rose«. Damit war das junge Mädchen gemeint, welches dem Novizen Azon gehörig den Kopf verdrehte und seine

Hormone zum Kreisen brachte. Aber wir wissen ja alle, dass die Lovestory für beide gut ausging: Sie wird in einem dramatischen Finale durch den mutigen Einsatz der Dorfbewohner vor dem schrecklichen Feuertod auf dem Scheiterhaufen gerettet, und er bleibt Junggeselle. Zurück zu Rosenheim: Hier sollen also viele schöne Frauen ihre Heimat haben. Auf dem Weg von den Anlegestellen bei der Brücke bis zum Rosenheimer Stadtzentrum befanden sich einige »Blumenläden«, in denen die Schiffsleute sich gegen Bezahlung mit einer Rose vergnügen konnten.

Weniger pikant, eher wissenschaftlich ist dagegen Theorie Nummer 5. Vom Historischen Verein Rosenheims wird sie als die wahrscheinlichste angesehen. Sie basiert auf sprachkundlichen Forschungen. Pate für den Ort Rosenheim stand demnach vermutlich ein Mann, der **Roso** hieß und der die Siedlung im frühen Mittelalter gegründet hat. Bis dato ist dies jedoch durch eindeutige Quellen noch nicht schriftlich belegt. Also, für die zukünftigen Historikergenerationen in Rosenheim bleibt noch was zu tun.

Das waren fünf Möglichkeiten des Namensursprungs.

Meinen kurzen historischen Exkurs schließe ich regelmäßig mit dem Hinweis, dass es um 1910 in Rosenheim neun Brauereien gab, wovon heute noch drei existieren, die alle ein süffiges Bier brauen, und dass wir uns davon nun gemeinsam beim Abendessen überzeugen wollen. In diesem Moment grinsen die Preußen und Asiaten meistens bis über beide Ohren und man kann an den leuchtenden

Augen ihre Gedanken ablesen: Endlich gibt's bayerisches Bier!

Am Ende zieht die Gruppe in Richtung eines der umliegenden Wirtshäuser, auf deren Speisekarten die Besucher nachlesen können, was denn typische Bayern so essen. Beim Gehen habe ich schon oft überlegt, ob ich vielleicht auch mal eine sechste Theorie, eine kurze, seltsame Heimaterzählung, präsentieren sollte. Aber in Rücksicht auf den langen, Hirnschmalz verbrauchenden Projekttag, die knurrenden Mägen und trockenen Zungen der Gäste lasse ich das lieber bleiben. Besser ich mach' mir den Spaß und schreibe die sechste Theorie nieder. So entstand innerhalb von zwei Jahren in den Urlaubstagen und an verregneten Wochenenden (und davon gab es doch einige) nach und nach, zuerst im Kopf und dann am Notebook sitzend, diese kurze Erzählung.

Ein Gedankenexperiment:

Nehmen wir einmal an, die Stadt am westlichen Ufer des grünen Gebirgsflusses hätte früher Innhausen geheißen und den uns bekannten Stadtnamen Rosenheim hätte sie erst später im Zusammenhang mit einer seltsamen Begebenheit erhalten, die vor hundert Jahren ihren Anfang in einer Gemeinde am rechten Innufer nahm.

Für fantastische Gedanken gibt es keine Grenzen im menschlichen Geist, und ich finde dies einfach nur wunderbar.

Hubert Lechner - Stephanskirchen, Mai 2013

PROLOG

September 1911

Kraftvoll trat die braungekleidete, junge Magd in die Pedale ihres schwarzen Fahrrades. Sie hatte auf dem Gepäckträger eine schwere Ladung festgebunden, eine Holzkiste mit Kartoffeln. Nun mühte sie sich kurz vor der Abenddämmerung ihren Weg zu dem Bauernhof, auf dem sie in diesem Jahr ihren Dienst verrichtete. Noch zwei Kilometer, vorbei an der weißen Kapelle von Kleinholzen, die neben einer großen Linde auf einer kleinen Erhöhung im bayerischen Alpenvorland stand, und der lange, arbeitsreiche Tag hätte sein Ende gehabt.

Von diesem erhabenen Punkt konnten die Menschen die wunderbaren Berge mit den dunkelgrünen Wäldern im Ganzen überblicken: die schroffe, felsige Kampenwand, die breite, abgerundete Hochries und ganz rechts, im Westen, den Wendelstein, mit seinem malerisch spitzen Gipfel, der höchste Berg in der Kette. Der Blick der Magd galt jedoch der Kapelle. Als sie immer näher kam – ungefähr hundert Meter bevor sie das Kirchlein erreichte – schweiften ihre Augen ab. Ab auf den majestätischen Baum daneben. Irgendetwas war anders als an den Tagen zuvor. Der Schatten des Baumes wirkte fremd. Etwas Langes, Schweres baumelte unter dem großen Ast. Dann erkannte sie mit Schrecken, was es war, hielt an und ließ das Rad zur Seite kippen. Die Kartoffeln fielen aus der Kiste und verteilten sich rollend auf dem kiesigen Weg. Die Magd lief so schnell sie konnte zur Kapelle. Mit aufgerissenem Mund stand sie vor dem Baum. Sie blickte nach oben und bekreuzigte sich hastig. Ihr Herz raste und sie rang nach Atem.

Vor ihr hing schwankend an einem seltsamen weißen Seil um den Hals eine junge blonde Frau in einem blauen Gewand. Die Augen der Toten waren geschlossen, das Gesicht zum Boden geneigt. Aber der ganze Gesichtsausdruck der Toten passte überhaupt nicht zu dem schrecklichen Ereignis. Sie wirkte ruhig und gelassen – und zutiefst erlöst.

Die Magd wollte um Hilfe rufen, aber sie brachte keinen Laut hervor. Sie suchte mit ihren Blicken die Umgebung ab, sah jedoch niemanden und lief dann in Richtung ihres Rades, um beim nächst gelegenen Hof Hilfe zu holen. Vielleicht wollte sie auch nur diesen furchtbaren Ort verlassen. Sie floh vor dieser schrecklichen Situation, genauso wie die Tote vor dem Leben geflohen war.

In diesem einzigartigen Moment waren besondere Schönheiten dieser Welt in einem Bild vereint: die faszinierende bayerische Bergkette im Abendlicht, eine schlichte, architektonisch gelungene Kapelle, daneben ein riesiger, wohlgewachsener Laubbaum und *eine blonde junge Frau mit einem Engelsgesicht. Auf der Bank lag eine weitere Schönheit, die der Magd bei der Entdeckung der Toten nicht auffiel.*

Langstielig, dornig und mit einer verwelkten Blüte, die Edelste in der Blumenwelt:

eine rote Rose.

Halbzeitpause in der Sportgaststätte

Hundert Jahre später– Frühjahr 2011
Wenn die Sechziger gegen die Italiener weiterkommen wollen, müssen sie im Rückspiel zu Hause in München bloß Unentschieden spielen. Und nach dem 0:1 Auswärtssieg kann das nicht so schwer sein. Darüber sind sich alle Besucher der Gaststätte des Sportvereins der südostbayerischen Gemeinde Haidkirchen einig. Alle Besucher, die das Champions League Achtelfinalrückspiel zwischen dem Fußballclub 1860 München, dem Vorbild aller deutschen Fußballvereine, und dem AC Turin an diesem Märzabend bei kühlem Bier und saftigem Steak auf der großen Leinwand verfolgen wollen.

Noch wenige Minuten vor Spielbeginn spricht die Fernsehmoderatorin mit glatten braunen Haaren hinterlistig den Ko-Moderator, einen ehemaligen Nationaltorwart (jetzt mit Bauchansatz), auf die eklatante Abschlussschwäche des doch so teuren Superstürmers Mario Hómez an. Als Antwort kommt eine windelweiche Sprechblase mit austauschbaren

Worthülsen, mit den Begriffen: Glück, Pech, Strähne (nicht die Haare), wichtige Tore, Vertrauen und Geduld.

Auch Hans, Emil und Jonas lauschen auf hohen Barhockern am Tresen sitzend den Ausführungen des Kommentators. »So a Schmarrn«, entfährt es sofort dem Fußballexperten Emil und er fügt noch mit dem Weißbierglas in der Hand hinzu: »Da Hómez g´heard scho längst vakafft.«
»Jawoi«, brummt der dicke Hans, das leere Weißbierglas hochhebend (dies ist das Zeichen für die Bedienung Paula, dass Nachschub dringend erforderlich ist).
Jonas, ein absoluter Nichtfußballer, hebt den Blick vom Display seines Handys und meint nur: »Es ist doch scheißegal, wer für die Sechziger die wichtigen Tore nicht schießt.«
»Irgendwie hosd du fuaßboimassig so gar koan Durchblick, Jonas.«, raunt Emil seinen Freund an.
Mit schwerer Zunge stimmt Hans zu: »Jawoi!«

So sitzen nun die drei Männer, die sich seit der Grundschulzeit in Haidkirchen kennen, wie bei jeder Liveübertragung eines Champions League Spiels der Sechziger in der Sportgaststätte zusammen. Die Lebenswege der drei Männer, Jonas, Emil und Hans, nahmen nach der vierten Schulklasse sehr verschiedene Richtungen.

Hans war schon immer ein begnadeter Handwerker, ein Fliesenleger mit Detailliebe, einem sicheren Blick für exakte Linienverläufe und einem kleinen Hang zur Fugenperfektion. Nach der Hauptschule hatte er bei einem in Innhausen ansässigen Fliesenlegermeister diese handwerkliche

Fertigkeit erlernt und wurde anschließend übernommen. Der Meister und sein Geselle: es war ein kleiner, mit Aufträgen gut versorgter Zweimannbetrieb. Falls ein Bauherr sich über den langsamen Fortschritt der Arbeiten in Küche und Bad auf seiner Baustelle aufregte, pflegte Hans in seiner ruhigen Art zu sagen: »Guad Ding brauchd Weile.«

Den Wendepunkt in Hans´ Leben markierte die Nacht vom 14. auf den 15. Juni 2003, als sein einjähriger Sohn, das einzige Kind, am plötzlichen Kindstod starb. Er lag am Morgen tot in seinem Bettchen, als ob er schliefe. Verzweiflung, Trauer, Schmerz und die gegenseitigen Vorwürfe, die letztendlich in Schuldzuweisungen endeten, führten zur Trennung des Ehepaares. Hans hatte keinen Halt mehr. Er lehnte professionelle psychologische Hilfe ab und versuchte seine Probleme im Alkohol zu ertränken. Es war nur eine Frage der Zeit bis man ihm wegen Trunkenheit am Steuer den Führerschein entzog. Drei Monate später verlor er auch noch seine Arbeitsstelle. Sein handwerkliches Geschick hatte er nicht verloren und konnte deshalb die Kosten seiner Alkoholsucht durch Schwarzarbeit decken. Wenn Hans nicht stumm beim Bier in den Wirtschaften des Ortes saß, flieste er wortlos Küchen und Bäder in der Gemeinde. Nahezu jeder Gemeindebürger wusste von seinem Schicksalsschlag und vergab auch kleine Aufträge an ihn, damit er sich sein Betäubungsmittel kaufen konnte.

Emil hingegen ist das Gegenteil von schweigsam, er redet viel mit den Leuten. Nach einer kaufmännischen Lehre bei einer in Innhausen ansässigen Brauerei übernahm er den gut gehenden Kiosk seines kinderlosen Onkels. Der Kiosk liegt an der Hauptstraße nach Innhausen, direkt bei den Bushaltestellen und gegenüber von einem gern besuchten Café mit Bäckerei. Es gibt in der Gemeinde Haidkirchen wahrscheinlich keinen besser informierten Menschen als Emil. Sein Kiosk ist die Nachrichtenzentrale der Gemeinde schlechthin. Emil weiß zu jedem Thema in der Gemeinde den aktuellen Stand: wer mit wem kann, wie die Verhältnisse in den zahllosen Vereinen sind, oder wie welcher Gemeinderat gerade zu welchem Thema abstimmen würde. Wer auch immer ein paar Gemeinde-Insider-Tipps braucht, kauft bei Emil eine Zeitung und ein Bier, tut so, als ob er zum Lesen gekommen sei und wartet an einem der Stehtische. Wenn niemand zuhören kann, kommt Emil zu seinem Kunden hinzu und eröffnet immer mit der gleichen Frage das vertrauliche Informationsgespräch: »Und, wos geht?«

Jonas, der Belesenste von den drei Freunden, hat von Fußball kaum Ahnung. Die gemeinsamen Fußballabende in der Sportgaststätte sind für ihn immer willkommene Anlässe, seine Freunde und Bekannten aus dem Heimatort zu treffen. Nach der Grundschulzeit mit Hans und Emil in den siebziger Jahren (damals wurde der bayrische Dialekt in den Schulen rigoros unterbunden) absolvierte er mit einem mittelprächtigen Abitur das Gymnasium, schrieb sich dann an der TU München für den Studiengang Physik ein, um letztendlich zu erkennen, dass die Menschheit von dem, was sie stets umgibt – Masse, Ladung, Magnetismus, etc. - nur im Ansatz verstanden hat, wie alles zusammenhängen könnte.

Seinen Lebensunterhalt verdient sich Jonas als Projektleiter bei einer kleinen HighTech-Firma, die in ihrem Nischenbereich Laser-Speziallösungen für den Karosseriebau in der Automobilindustrie herstellt. In seinem Beruf geht Jonas auf. Je komplizierter die Anforderung eines Autobauers, desto lieber ist es ihm, weil dann weniger geistige Tiefflieger meinen, sie müssten ihren Senf auch dazu abgeben. Durch den Job sieht Jonas seine Frau und seine sechzehnjährige Tochter manchmal einige Tage nicht, aber erst wenn die Dienstreise mehr als eine ganze Woche dauert, fühlt er sich, auch wenn er von einem Dutzend freundlich lächelnder Chinesen im VW Werk in Changchun umgeben ist, sehr allein. Er kennt mittlerweile viele Kantinen von Autofabriken weltweit, und als Liebhaber süßer Nachspeisen schätzt er die Buffets der Daimler-Werke in Sindelfingen und Wörth. Jonas´ Bauchansatz hat schon seine Berechtigung. Laseranwendungen kann Jonas einem breiten Publikum leicht nahe bringen, aber die Passivabseitsregel im Fußball, und wozu dieser Unsinn gut sein soll, wird er nie erklären können.

So sitzen die drei Männer, die alle im Alter zwischen 43 und 45 Jahren sind, am Tresen und verfolgen die erste Halbzeit, bei der sich die Sechziger wie gewohnt zu Hause sehr schwer tun. Mit seinem erlösenden Halbzeitpfiff schickt der Schiedsrichter die verdreckten Fußballstars in die Kabinen, wo sie deren holländischer Trainer van Midwonwagenlings mit rotem Kopf zur Null-zu-null-Halbzeit-Ansprache erwartet.

»Da Hómez is da schlechteste Fehleinkauf von de Sechz´ga. 25 Millionen hod der Versaga kosd«, eröffnet Emil die nun beginnende Halbzeitbesprechung in der Sportgaststätte.

»Jawoi«, sagt Hans mit erhobenem Weißbierglas, worauf Paula herbei geeilt kommt, wortlos das leere Glas nimmt und hinter dem Tresen verschwindet.

»Dann ist Hómez deiner Meinung nach der beste Einkauf?« fragt Jonas, als er im gleichen Moment von seinem Handy aufschaut. Die ganze erste Halbzeit hat er SMS-Nachrichten geschrieben. Er weiß, falls es eine interessante Spielszene gab, würde diese sowieso aus mindestens drei Richtungen wiederholt werden. Man konnte keine halbwegs akzeptable Spielkombination versäumen. Außer der Bierdruck auf der Blase zwingt den Fußballfan auf die Toilette. Emil zieht fragend die Augenbrauen hoch, blickt Jonas von der Seite an und meint: »Schmarrn, da Hómez is a totaler Fehleinkauf.«

»Jetzt stimmt´s« antwortet Jonas. »Das vorher war eine klassische Doppelverneinung, also eine Bejahung. Minus mal Minus ist Plus.«

»Jawoi« kommt es von Jonas´ Gegenüber.

Das ist Emil zuviel und er schnauzt Hans an: »Jawoi, Jawoi, Jawoi. Des is wohl des Oanzige, wosd no sogn konnst, ha?«

»Jawoi« antwortet Hans grinsend und nimmt Paula das Weißbierglas ab, um dieses sofort an seine Lippen zu setzen.

»Mensch, Hans, jetzad sauf doch ned a so, sonst valierst no dein letzt´n Verstand«, gibt Emil zurück und setzt seine unglaubwürdige Ermahnung fort: »Am End rennst du aa so spinnerd üba´n Haidkirchner Friedhof, wia der oane Faschingsboib´suacher letzt´n Freitag.«

Hans und Jonas tauschen Blicke aus, schauen dann Paula an, aber die zuckt auch nur mit den Schultern.

»Was war da los?« bohrt Jonas nach.

Emil schließt die Speisekarte, gibt sie Paula mit den Worten »Steak mid Pommes und vui Kätschap.« und beantwortet die Frage:

»Letzt´n Freitag war doch da Feiawehr-Faschingsboi beim Huber-Wirt. Ihr wisst scho, bei dem Wirt neba da Haidkirchner Kirch´. Und so um hoibe zehne in da Nachd is a geistig total verwirrter Mo, so um die 30, 35 Jahr oid, schreiend üba´n Haidkirchner Friedhof glaffa. Dauernd hod a g´schrian ´Des gibt´s ned! Wo bin i, wo bin i, Hilfe, wo bin i?´«

Paula erwidert: »Des war wirkli a schlimma Rausch.«

»Ja, ja, der is wahrscheinli vom Faschingsboi kemma. Er hod nämlich so a uroide, dunkelblaue Soldatenuniform og´habt. So wia a Ami-Nordstaatler hoid. Wia im John Wayne Film vorgestern«, sagt Emil und blickt dabei mit einem Auge auf die Leinwand, wo gerade Michael Schuhmacher aus seinem Mercedes-Flügeltürer SLS AMG die Fernsehzuschauer angrinst. In der Halbzeitpause brennt die Werbeindustrie ein wahres Feuerwerk ab. Bohrmaschinen, Autos, Rasierklingen, Grillwürstel, Deos – kurz alles, was der Fußballfan braucht.

»Und weiter?« fragt Jonas neugierig. »Mensch Emil, lass dir doch nicht jedes Wort aus deiner Nase ziehen.«

»Ja und dann is de Polizei kemma, weil de Nachbarn de Schreierei z´vui word´n is. Und de Polizei hod´n dann mitgnomma.«

Und mit einem Auge auf die Leinwand fixiert, auf der gerade OBI-Mitarbeiter den Queen-Klassiker *We will rock you* verunstalten, fügt er hinzu:

»Oan von de Polizist´n kenn i, der kaffd bei mir ei. Und der hod mia gestern no wos vazähld, aba des deaft´s ned weida vazähln, weil des a streng vertraulich´s Polizistengeheimnis is: Der Kerl auf dem Friedhof war ned bsuffa, 0,0 Promill´ hod er ghabt. Aba er hod se ned ausweisn kenna. Der war hoid oafach bloß varuckt.«

Paula sieht zu Hans und sagt: »Mensch Hans, 0,0 Promill´. Des schaffst du nimma in deim Leb´n. Mogst no a Hoiwe?«

Die Antwort besteht wieder nur aus einem Wort.

»Jawoi!«

Emil nimmt ein Zigarillo aus der Holzschachtel vor ihm, steckt es sich in den rechten Mundwinkel, und will es gerade anzünden, als Paula sofort angestürmt kommt, ihm den Glimmstängel aus dem Mund nimmt und zu ihm sagt:

»Emil, du woaßt des doch. Volksbegehren. Do herin is Rauchverbot.« Mürrisch legt er das Zigarillo in die Holzverpackung zurück und meint: »Ganz schee was los zur Zeit auf dem Haidkirchner Friedhof. Weil am gleich´n Dog ham irgendwelche Vandalen de Tür von da Niedermeier-Gruft aufbrocha.«

»Was ist passiert? Bitte etwas genauer.« unterbricht ihn Jonas.

»Jawoi«, pflichtet Hans bei.

»De Niedermeier-Gruft kennd´s ihr doch olle. De war scho ziemlich vergess´n. Nur oana von da Niedermeier-Familie is drin beerdigt worn. So hat´s mei Oma mir amoi vazähld. Des war so um 1900 oder so. Aba nur de Tür war aufbrocha. Der Sarg drin is unbeschädigt. Ois tiptop. Nur a bissal vasta´bt.«
»Woher weißt du denn das schon wieder, Emil?« bohrt Jonas weiter nach.
»Oan von de Friedhofswärter kenn i, der kafft bei mir ei und der hods ma vazähld, aba ...«
»...aber, das dürfen wir nicht weitererzählen, weil das ein streng vertrauliches Friedhofswärtergeheimnis ist. Ist schon klar.« vollendet Jonas den Satz.

»Genau, aba de Friedhofswärter ham da Polizei davo nix vazähld. Sie ham einfach wieda de Tür zuag´spardt. Es hod ja nix g´fehlt. Und kaputt is aa nix gmachd worn. Und de Leich´ im Sarg war ja scho tot.«
Jonas verdreht vor so viel Scharfsinn die Augen.

Auf der Leinwand flimmert eine Deowerbung und alle blicken ganz gespannt auf die weiblichen Topmodels, die einen schlecht rasierten Mann anhimmeln, weil er anscheinend so gut riecht.
Jonas sieht jedoch durch das Fenster in die Nacht. Es ist Vollmond, er kann deutlich den ramponierten Naturrasen des Fußballplatzes erkennen und sagt hörbar: »Das ist seltsam. Sehr seltsam.«
»Woaßt wos, Jonas«, erwidert Emil, »seltsam warad, wenn da Trainer van Midwonwagenlings de Flasch´n Hómez ned auswechs´ln dad.«

»Nein, nein, vergiss Hómez« gibt Jonas zurück, »Vielleicht gehören die zwei Vorkommnisse ja inhaltlich zusammen. Vielleicht gibt es eine Verbindung zwischen der Gruft und dem Verrückten. Vielleicht steckt eine seltsame Geschichte dahinter.«

»Oh, naa, Jonas, bittschön ned! Ned scho wieda so a erfund´ne G´schicht´. Koana wui deine G´schicht´n hearn.«

»Jawoi«, das ist Hans´ Kommentar.

»Wia soll´n denn de beiden Ereignisse z´samma g´hearn, wos für a G´schicht´ soll denn des sei?« fragt die Bedienung Paula neugierig.

»Danke, Paula, wenigstens du fragst nach« antwortet Jonas.

Emil gibt auf: »Oiso guad, Jonas. Es is eh Hoibzeitpause und bloß bläde Werbung. Lass uns oane von deine fürchterlich´n und schmalzig´n Herz-Schmerz-G´schicht´n hearn. Du hosd no zehn Minut´n. Oiso, mach´s kürza als wia beim letz´n Moi. Und koane lateinisch´n Sprüch´. Lass desmoi aa de Ros`n weg. Und meara Erotik bittschön.«

Jonas sieht Emil, Hans und Paula an, konzentriert sich, schließt die Augen, um all die Figuren und Szenen, die er nun für seine kitschige Herz-Schmerz-Geschichte erfinden will, besser zum Leben erwecken zu können. Ja, jetzt hat er eine Idee! Genau. So könnten die offene Gruft und der Verrückte in blauer Soldatenuniform zusammengehören.

Jonas hört nichts mehr um sich herum und mit geschlossenen Augen und ruhiger Stimme beginnt er seinen drei Zuhörern zu erzählen.

Der erste Teil der Heimatgeschichte

Es wurde jeden Tag wärmer, die Sonne hatte wieder ihre Kraft zurückgewonnen. Beständig schmolz das Eis auf dem Simssee und niemand wagte es mehr, darauf mit Schlittschuhen zu gleiten. Der Winter war endlich vorbei, und alle Menschen in der Gemeinde Haidkirchen erwarteten die belebende Kraft des Frühlings. Sie alle waren sich sicher, dass dieses Jahr, 1909, ein ganz besonders glückliches werden würde. Aber in diesem Jahr ereignete sich eine tragische Geschichte, die noch Jahre nach dem Tod der Beteiligten die Fantasie der Einwohner des bayerischen Ortes am Alpenrand anregte. Eine wunderbare Frau, zwei Männer, die sie als Ehefrau begehrten und am Ende vier Menschen, deren Lebenslicht in diesem Zusammenhang erlosch. Im Nachhinein betrachtet, begann alles mit der Anstellung des neuen Lateinlehrers. Das Unglück kündigt sich oftmals auf Lateinisch an, so auch dieses Mal.

Daniel Niedermeier, der Zweitgeborene einer einheimischen Schreinerfamilie, kam Anfang des Jahres zurück in seinen Heimatort Haidkirchen. Er hatte nach seinem Studium in München nun als 26-Jähriger die erhoffte Anstellung als Latein- und Geschichtslehrer am Gymnasium der Stadt Innhausen erhalten. Er war da angekommen, wo er sich schon als 12-Jähriger sah: als Lehrer an seiner Schule. Bereits in frühen Jahren hatte seine Mutter erkannt, dass ihr zweiter Filius keinerlei handwerkliches Geschick besaß, um im Holzhandwerk erfolgreich, geschweige denn glücklich zu werden. Nicht ein Brett konnte Daniel gerade absägen. Nur wenige Nägel klopfte er, ohne dass eine Korrektur notwendig war, ins Holz. Stattdessen träumte er schon als kleiner Junge oft stundenlang vor sich hin, um dann seiner Mutter eine fantastische Geschichte zu erzählen. Die Mutter setzte sich schließlich dafür ein, dass der Zweitgeborene nicht eine Lehre für die elterliche Schreinerei machen sollte, sondern ins Gymnasium nach Innhausen gehen durfte.

Daniel Niedermeier fühlte sich seit Monaten wie im siebten Himmel. Es war nicht nur die Anstellung in seiner ehemaligen Schule, sondern vor allem seine Verliebtheit in Eva, die bildhübsche, makellos erscheinende Tochter des Oberhuber Bauern, einem der größten Landwirte in der Gemeinde. Und das Glück war vollkommen, denn Eva erwiderte seine Liebe. Noch nie hatte sie einen Mann gekannt, der ihr so geduldig, und wenn es sein musste, stundenlang zuhörte und gefühlvoll auf sie einging. Daniel gab niemals bloß Ratschläge, er hörte einfach zu. Privat verhielt er sich nie wie ein Lehrer, der meinte, dass er alle und alles korrigieren müsse. Die Kinder in seinen Klassen hörten ihm bei seinem Geschichtsunterricht gerne zu, wenn er mit seiner schlanken Gestalt, in unmodernen braunen Hosen und schwarzem Lehrergehrock an dem schrägen Pult lehnend Geschichten aus der deutschen Vergangenheit erzählte: Von den Kelten, Germanen, Römern, Goten, Franken, Hunnen und was sonst noch alles kam und ging. Am Ende jeder Stunde sagte er den Kindern, dass sie »wahre Glückskinder« seien, denn sie dürften in einer Zeit leben, in der der Wohlstand und die Bildung für breite Bevölkerungsschichten wachse. Auch dass die Güter der Welt bald gerechter verteilt würden und dass es durch enorme Fortschritte in der Forschung in Zukunft keine Hungersnöte und schlimmen Seuchen mehr geben werde.

Ein Zehnjähriger namens Xaver meldete sich einmal am Ende der Stunde und fragte, ob es bald Krieg geben werde, weil er von seinen Brüdern gehört habe, dass Deutschland, Frankreich und England immer mehr Schiffe und Kanonen bauen. Und dass es immer mehr Soldaten gebe. Sein Papa habe eine Zeitung aus München mitgebracht, und auf der ersten Seite seien Fotos von vielen marschierenden Soldaten zu sehen. Alle Kinder richteten ihre Augen gespannt auf ihren kurz sehr nachdenklich wirkenden Lehrer, bis er dem aufgeweckten Schüler dann mit einem Lächeln antwortete. Er sagte, sie bräuchten sich keine Sorgen machen, denn wenn alle Länder gleich viele Waffen hätten, so dass kein Land ein anderes militärisch besiegen könne, würde keine Regierung der Welt so dumm sein und einen Krieg anfangen. Denn das Ergebnis wäre nur Zerstörung und Tod. Das wolle keine Regierung auf der Welt und bei der Vereidigung schwören immer alle Regierenden in allen Ländern, dass sie Schaden vom eigenen Volke abhalten werden. Dies schwören sie, so wahr Gott ihnen helfe. Und dass Gott den Regierenden bei ihrem Schwur helfen werde, sei doch sonnenklar.

Das überzeugte die Kinder und Daniel sagte am Ende der Stunde zu dem Schüler, der sich getraut hatte, die Frage zu stellen:
»Schau Xaver, du bist jetzt zehn Jahre alt. Vielleicht wirst du 101 Jahre alt, dann wirst du das Jahr 2000 erleben.«
Da mussten alle Kinder befreiend laut lachen und Daniel sagte in ruhigem Ton: »Das ist gut möglich, weil es immer bessere Medikamente gibt, werden die Menschen immer älter. Und im Jahre 2000 wirst vielleicht du, Xaver, als alter Mann mit grauen Haaren vor deinem Bauernhof hocken. Und dann wirst auch du sagen, dass das 20. Jahrhundert das friedlichste und

beste Zeitalter in Europa war. Bildung und Forschung auf dem Höhepunkt in der menschlichen Geschichte. Und kein einziger Krieg in Europa. Vielleicht wird es Jahrhunderte später einmal heißen: Das war das Zeitalter *Pax Europa*. Ich sage es euch immer wieder: Ihr seid Glückskinder.«

Voll Lebensoptimismus verließen die Kinder an diesem Tag die Schule. Was für ein Unterschied zum Religionsunterricht. Dort erzählte der Pfarrer den Heranwachsenden von der ewig währenden Erbsünde des Menschen, von den Strafen, mit denen der gestrenge Gott des Alten Testaments drohe und den schrecklichen Qualen in der Hölle, die die Übeltäter erwarten. Ganz zu schweigen von den Ohrfeigen, die die Kinder bekamen, wenn sie beim Aufsagen des Glaubensbekenntnisses stockten.

⚘

Für Daniel und Eva war es jeden Tag die schönste Stunde, die gemeinsame Stunde auf der Bank unter der Linde vor der Kleinholzner Kapelle. Jeden Abend um sechs Uhr trafen sie sich, setzten sich nebeneinander und gaben einander verstohlen die Hand. Niemals wagten sie es, sich öffentlich zu küssen.

»De is sehr schee g´wachs´n«, Eva hielt die rote Rose zwischen den Fingern, die ihr Daniel an diesem Tag mitgebracht hatte. Sie führte die Blüte an ihre Nase und nahm schweigend den lieblichen Duft auf.

»Wie geht es deiner Oma? Hat sie immer noch Bauchweh?« fragte Daniel und bewegte kreisend dabei ein wenig seinen rechten Fuß.

»Vui besser wieda. Gestern Nachd is endli wos raus ganga. Sie hod ja scho fünf Tag koan Stuigang g´habt«, und dann fügte Eva noch mit besorgter Stimme hinzu: »Aba jede Woch´ weards mehra vawirrter. Gestern hod´s beim Abendess´n uns alle schene Weihnacht´n g´wünscht. Am End hods dann wieda nacham Opa g´frogt und warum er ned beim Abendess´n dabei is. Es bringt nix, wenn ma´s ihr sogt, dass er vor zehn Jahr g´storbn is. Mei Muatta sogt dann imma, dass da Opa in Innhausen no an oidn Schulspezl b´suacht und boid hoam kimmt.«

Daniel hatte mit der Fußbewegung aufgehört: »Schlimm, wenn einen nach und nach das Gedächtnis verlässt. All die schönen Erfahrungen, die man in seinem Leben macht, einfach weg.«

Eva zupfte an ihrer blauen Schürze und wollte schnellstens das Thema wechseln, denn die Demenzkrankheit ihrer geliebten Oma traf sie immer ganz tief im Herzen. Umgehend fragte sie: »Und, wia war´s heid in da Schui?«

Er verstand, blickte Richtung Wendelstein und drehte ihr sein junges blasses Gesicht zu: »Also am Morgen war es römisch, dann gotisch und in den letzten Stunden französisch.«

Eva zog fragend die Stirn in Falten und er erklärte:

»Am Morgen hatte ich die unteren Lateinklassen, Thema e-Konjugation, dann eine mittlere Klasse mit dem Thema »Das Zeitalter der gotischen Kathedralen«. Am Ende dann die Oberstufe, die jungen Wilden. Das passte, es ging um die Französische Revolution.«

»Aha.«

Daniel streichelte mit seinem Blick ihr sanftes Gesicht und ihre schulterlangen, glatten blonden Haare und er versank in ihren braunen Augen.

»Eva, lass uns jetzt nicht um den heißen Brei herumreden. Morgen ist es soweit. Er kommt zurück.«

»Ja. Ja, vielleicht woaß er scho wos üba uns zwoa. Vielleicht hod eahm sei Familie scho üba uns zwoa wos g´schriem.«

»Eva, du brauchst dir keine Vorwürfe zu machen. Wir sind immer nur hier vor der Kapelle gesessen. Himmel noch mal! Katholischer geht es wirklich nicht, vor einer Kapelle und jeder kann uns sehen.«

»Daniel, i wui eahm nimma. I wui mit dir z´samm sei. A Leb´n lang.«

Er führte mit seiner rechten Hand ihre linke an seinen Mund und küsste ihren Handrücken.

»Eva, du weißt genau, wie sehr dies auch mein Wunsch wäre«, flüsterte er, »aber du bist ihm versprochen. Ihr seid seit Jahren schon verlobt.«

»Morg´n werd i´s mei´m Vatta sogn. D´Muatta woaß´ scho.«

»Dein Vater wird ganz schön toben«, antwortete Daniel, während er in seiner braunen, altmodischen Ledertasche herumkramte und eine hellbraune Papiertüte hervorzog.

»Schau, Eva, von meinem ersten Gehalt habe ich dir einen feinen weißen Schal in Innhausen gekauft.«

Als Daniel den Schal aus der Tüte hervor zauberte, sagte Eva verwundert: »Einen Schal?«

»Naja, damit du nicht frierst, dachte ich mir und dann habe ich noch… «

»Dank´ schee« und mit einem Schmunzeln fügte Eva hinzu: »Da Winta is übrigens vorbei. Aba i g´frei mi, und im nachst´n Winta konn i den Schal guad braucha.«

»Freust du dich wirklich?«

»Aba freili.«

»Ich habe auch eine Inschrift einsticken lassen. Deshalb hat es so lange gedauert.«

Eva breitete den weißen Schal vor ihr aus.

»Stimmt. Do is a Spruch in Rot eing´stickt. Ah geh, Daniel, wieda auf Lateinisch.«

Sie las langsam den Spruch vor:

»Ubi caritas et amor, Deus ibi est.«

Er wiederholte: »Ubi caritas et amor, Deus ibi est.« Er fuhr mit dem Zeigefinger die Schrift entlang: »Übersetzt heißt das: Wo Güte und Liebe sind, da ist Gott.«

»Is des von dir, Daniel?«

»Nein, nein. Der Verfasser war ein Patriarch im achten Jahrhundert, Paulinus von Aquileia. Das ist ein Wechselgesang, der bei der Fußwaschung am Gründonnerstag manchmal gesungen wird.«

Er drückte ihre Hand ganz fest: »Davon bin ich in meinem Innersten überzeugt, dass Gott dort am gegenwärtigsten ist, wo die Menschen in Güte und Liebe miteinander auskommen. Dann kommt das Göttliche in uns allen zum Vorschein.«
»...das Göttliche in uns? Wir Mensch´n san doch koane Götter.«
»Das stimmt, wir sind keine Götter. Wir sind sterblich, aber nach dem Abbild Gottes geschaffen. Also brennt in jedem Menschen im Inneren das göttliche, niemals erlöschende Feuer.«
»Daniel, oiso des werd ma jetzad zu theologisch.«
Verunsichert fragte er nach: »Gefällt dir mein Geschenk nicht?«
Sie führte seine Finger an ihre Lippen, küsste diese lange zart und sagte mit sanfter Stimme: »Es is a ganz außerg´wöhnlich´s G´schenk. Und i dank´ dir ganz herzlich. Nur außerg´wöhnliche Mensch´n kennan se so tiefsinnige G´schenke ausdenga.«
Daraufhin schnaufte er erleichtert, und sie fügte noch mit einem Schmunzeln hinzu: »I glaab, i bin de oanzige Frau weit und breit, de an weiß´n Schal mit roter,

lateinischer Inschrift hod. Sozusog'n, a lateinischer Schal.«

Jetzt musste auch Daniel ein wenig lächeln und wiederholte den Ausdruck: »Ein lateinischer Schal. Seltsame Bezeichnung. Gefällt mir.«

»Genau. Und wenn Anfang Juli des Dorffest wieda is und olle in der Sommahitz'n schwitz'n, werd' i mein Schal mitnehma. Und fois a plötzlicher Kälteeinbruch mid Schneefoi und Temperatursturz kemma dad, bin i bestimmt die oanzige Frau mid an Wollschal an dem Dog. I werd' mia auf gar koan Foi Hoisschmerz'n oda a Vakältung hoi'n. I hob' ja mein lateinisch'n Schal.«

Nach dem letzten Satz von Eva mussten beide herzlich lachen und dann drückten sie sich ganz fest aneinander. Sie fühlten sich unendlich glücklich, irgendwie untrennbar. Einfach eins.

Dies war das letzte Mal in ihrem Leben, dass sie gemeinsam auf der Bank vor der Kapelle in Kleinholzen saßen. Dann kam die Kälte.

∽

In der Tat, das vollkommene Liebesglück wurde durch Evas lange Verlobung mit Martin Gruber verhindert. Dieser entstammte aus einer angesehenen Handwerkerfamilie, war tadellos in seinem Benehmen und bereits in der Jugendzeit bei den Mädchen der Gemeinde ein begehrter Begleiter. Vor fünf Jahren, als Eva gerade mal siebzehn war, lernten sich die beiden beim sommerlichen Dorffest in Haidkirchen kennen und der Funken einer Jugendliebe zündete. Den Eltern auf beiden Seiten war dies willkommen, denn der Nachwuchs gelangte langsam in das heiratsfähige Alter und gute Chancen sollten da nicht leichtfertig vergeben werden. Also, die Väter waren sich einig, stachelten die beiden in ihrem Liebeswerben noch an und ein Jahr später, wieder auf dem Dorffest wurde die Verlobung offiziell bekannt gegeben. Es wurden etliche Liter Bier getrunken, gefeiert und alle waren glücklich: die Eltern, die Verwandten und die Verlobten selbst, Martin und Eva.

Welch eine wunderbare Verbindung, dachten viele, welch einfach zu durchschauende Motive für eine Beziehung, dachte keiner. Motive wie Sicherheitsdenken, gesellschaftliche Zugehörigkeit, Bewunderung, Eitelkeit, materielles Vorteilsdenken. Dies alles war vielleicht sogar zutiefst menschlich. Worüber sich aber tatsächlich keiner Gedanken machte, war, ob die beiden schönen, prächtigen jungen Menschen auch in der Gefühlswelt zusammenpassten, ob sie miteinander und nicht nebeneinander fühlten und redeten. Martin, groß und muskulös, absolvierte zur Zeit der Verlobung gerade seinen Militärdienst bei den bayerischen Infanteristen, stationiert in Landsberg am Lech. Sobald er ein paar Tage frei hatte, kam er nach Hause zu seiner Eva. Und sie genossen die wenigen Stunden zusammen, ohne jemals im Sinne der Kirche sündig zu werden. Aber kann denn Liebe Sünde sein? So sehr andere Männer auch die liebliche Gestalt von Eva reizte, niemand wagte es, die manchmal monatelange Abwesenheit von Martin für einen Annäherungsversuch zu nutzen.

Von Kameraden aus der gleichen Kaserne erfuhren die neugierigen Haidkirchner wie sich der junge Gruber im Militärdienst so anstellte. Seine Kraft, Wendigkeit, Reaktionsfähigkeit, vereint mit einer schnellen Auffassungsgabe, gutem Gedächtnis und einer sicheren Hand an Schusswaffen ließen ihn schnell in den Nahkampfwettbewerben auch über die Kaserne hinaus bekannt werden. Und eines Tages kam dann hoher Besuch aus der Reichshauptstadt Berlin in das Provinznest Landsberg, ein Generaloberst der kaiserlichen Leibgarde auf der Suche nach geeigneten Kandidaten. Der Stolz des Vaters war kaum in Worte zu fassen, als er seinen Stammtischbrüdern am Sonntag nach der Messe beim Wirt den Brief des Sohnes vorlas, in dem dieser über seine Versetzung nach Berlin schrieb. Martin hatte nach dem Besuch aus Berlin das Angebot erhalten, eine besondere zweijährige Ausbildung in der Reichshauptstadt zu absolvieren, mit Aussicht dann für weitere zehn Jahre in der kaiserlichen Garde zu dienen.

Es waren nicht nur der vielfach höhere Sold, die hohe Abfindung, die jeder Gardist beim Ausscheiden in das zivile Berufsleben nach zehn Jahren erhielt, oder das gesellschaftliche Ansehen, das Leibgardisten des Kaisers besaßen, die Martin diese Gelegenheit sofort beim Schopfe packen ließen. Es war vor allem die Neugier und die Lust auf die große Welt. Endlich weg aus den Provinznestern, rein in eine pulsierende Hauptstadt, wo wichtige Entscheidungen getroffen wurden. In Berlin waren mehr Diplomaten und Regierungsbeamte unterwegs, als es Kühe in der großen Gemeinde Haidkirchen gab. Wobei nicht klar sei, so sagte einer seiner Vorgesetzten immer, wer mehr Mist im Laufe seines Lebens erzeuge.

Die zweijährige Ausbildung ging schnell vorüber und er diente anschließend ein Jahr als Leibgardist in Berlin. In diesem einen Jahr begleitete er häufig wichtige deutsche Diplomaten bei deren Konsultationen mit anderen ausländischen Diplomaten und Botschaftern und sah viele wichtige Persönlichkeiten. Auf Empfehlung eines ranghohen Beamten im Innenministerium brach

Martin Gruber nach zwölf Monaten seine Zelte in Berlin ab und nahm eine noch besser bezahlte Stellung in der Landeshauptstadt München an. Offiziell war er weiterhin Leibgardist, trug mit Stolz die blaue Uniform mit dem Reichsadlerzeichen des Kaisers und begleitete und schützte hochrangige in- und ausländische Politiker während ihrer offiziellen Aufenthalte in München. Die Konsulate, die Oper, das Schloss Oberschleißheim, die Pinakothek, all die Treffpunkte der besseren Gesellschaft waren ihm nach zwei Jahren wohl vertraut, aber auch ein Grab auf dem Münchner Nordfriedhof.

Jeden Freitag ab 10:45 Uhr stand er für fünfzehn Minuten mit gesenktem Blick vor der letzten Ruhestätte des Ehepaares Gruber. In dem Grab lagen seit 10 Jahren Johannes Gruber (64 Jahre alt geworden) und Veronika Gruber, seit 7 Jahren tot. Oft dachte sich Martin, wenn er zu Beginn der viertelstündigen Andacht ein kleines Grablicht anzündete, was für Menschen Johannes und Veronika wohl gewesen sein mochten. Er hatte sie nie gekannt. Gruber ist ein so weit verbreiteter Name im Süden Deutschlands, dass es nicht schwer war für das Innenministerium, auf dem Friedhof einer Großstadt wie München ein entsprechendes Grab mit diesem Namen zu finden. Meistens schaute Martin freitags für fünfzehn Minuten alleine den weißen Grabstein und die kleine Flamme des Grablichtes an, zupfte einige braune Blätter des kegelförmigen Buchsbaums weg und verließ, nachdem er die 11 Glockenschläge vom Turm der nahe gelegenen Kirche vernommen hatte, erleichtert den Nordfriedhof. Aber so alle drei, vier Monate gesellte sich ein vornehm aussehender, im schwarzen Gehrock gekleideter Mann mit Zylinder zu Martins stiller Andacht hinzu. Immer begann der Unbekannte das Gespräch mit der Frage:

»Leutnant Gruber. Trauern Sie immer noch um ihre Eltern?«

»Traurig würd´ mich machen, wenn ich nicht mehr unserem Vaterland und dem Kaiser dienen könnt´, mein Herr«, gab Martin zur Erkennung zurück und um sich bereit für einen außergewöhnlichen Befehl zu erklären.

»Gut gesprochen. Leutnant Gruber, der Kaiser hat wieder einen Auftrag für Sie.«

Nach diesen einleitenden Worten folgte meist eine Vielzahl von Namen, Titeln, Orten, Uhrzeiten und Zusammenhängen. Niemals erhielt Martin ein Schriftstück und machte sich auch anschließend keinerlei Notizen, denn das war strengstens untersagt. Alle Informationen waren immer nur mündlicher Natur, nirgends fand sich auch nur eine schriftliche Aufzeichnung über die besonderen Einsätze des Leibgardisten.

Immer endete der Monolog des Unbekannten mit der Aufforderung: »Leutnant Gruber, wiederholen Sie den Befehl des Kaisers.«

Martin gab den Inhalt des kaiserlichen Auftrages in seinen Worten wieder. Der Mann nickte meist zufrieden, bekreuzigte sich zur Tarnung vor dem Grab, setzte sich den Zylinder wieder auf und verabschiedete sich stets mit den Worten:

»Der Kaiser zählt auf Sie. Auf Wiedersehen, Leutnant Gruber.« Und mit einem diabolischen Lächeln fügte der Unbekannte hinzu: »Denken Sie daran, Leutnant Gruber, der Kaiser wünscht keine Zeugen.«

༄

Eva stand in der Küche am Herd und hob mit einem kleinen Holzspatel den Pfannkuchen ein wenig an, sah auf die leicht bräunliche Unterseite und sagte mit lauter Stimme Richtung Tisch:

»Glei Oma. A bisserl dauerts scho no.«

Oma Oberhuber saß in ihrem grünen Gewand auf der Bank am Tisch, lächelte milde und sagte: »Pfannakuacha. Mit vui Zucka.« Und dabei blickte sie auf den jungen Mann, der ihr gegenüber auch am Tisch saß.

Martin war an diesem Sonntag nachmittag zu Eva gekommen, weil er vieles mit ihr bereden wollte. Die Nachrichten, die ihn in Landsberg erreichten und die Andeutungen der Freunde in der Kaserne, all das verwirrte ihn doch sehr.

»Kemma denn ned alloa redn, Eva?«

»Warum? Wenns`d normal laut reds´d, heard´s es ned. Und wenn sie´s heard, woaß sie´s zehn Minut´n spada nimma.«

Mit Geschick wendete Eva den Pfannkuchen. Genau zum richtigen Zeitpunkt, die Oberseite war goldgelb und an einigen Stellen leicht braun.

»Is des wahr? Host du wirklich wos mit dem neia Lateinlehrer?«

»Martin, i heds da scho eha sogn soin.«

Er saß angespannt und ungeduldig auf der Bank. Nach einer Minute Schweigen hob sie den fertigen Pfannkuchen aus der Pfanne, legte ihn auf einen großen flachen Teller und servierte diesen mit einem sanften Lächeln ihrer Oma. Diese freute sich: »Dank´ da schee, Eva, mei Engal«, griff nach der Zuckerdose und schaufelte drei Löffel darüber.

Eva verfolgte, mit welcher Freude ihre Großmutter den Pfannkuchen unter dem Zucker begrub, wie sie das erste Stück mit der Gabel abstach und in ihren nahezu zahnlosen Mund führte.

Als Eva noch ein kleines Mädchen war und auch mal Ärger mit den Eltern hatte, ging sie zur Oma in diese Küche. Oma hörte einfach zu, tröstete, wenn nötig, und es war immer Zeit für einen Pfannkuchen. Auch als Eva zu einer jungen Frau heran wuchs, sich ihre Gefühlswelt komplett auf den Kopf stellte, die erste Verliebtheit und der erste Liebeskummer ertragen werden musste, die Oma war für Eva da.

Martin hielt es nicht mehr aus und wurde unruhig, ja fordernd: »Oiso, wos is jetzad mit dem Lateinlehrer?«

»I hab´n liab.«

Evas Antwort traf Martin wie ein Blitzschlag. »Wos?« stammelte Martin, »So a Schmarrn. An Lateinlehrer liab hom. Mia san doch verlobt. Des woaß´d scho no?«

»Ja. Aba i weard de Verlobung auflös´n.«

Martin senkte den Kopf: »Eva, i woaß, i bin oft ned do, aber i mechad gern, dass du mei Frau weasd. So wias ausg´machd war.«

Oma kaute an einem großen Stück und verfolgte die Unterhaltung ohne Anzeichen, dass sie irgendetwas verstünde. Es vergingen einige Momente, in denen in der Küche nur das Knistern des Feuers im Herd und Omas Schmatzen zu hören waren.

Eva wiederholte nur verständnislos Martins Antwort: »Wia ´s ausgmachd war.«

In einem vorwurfsvollen Ton sagte er: »Wos wuist´n mid am Lateinlehrer. Latein is a tote Sprach´.«

Mit einem Anflug von Mitleid nahm Eva Martins Entrüstung zur Kenntnis, schwieg und ließ ihn weiter reden: »Eva, kimm mid mia nach Minga. Do is a Leb´n. Vergiss Haidkircha.« Martin betonte seine Worte, indem er mit der rechten Hand auf den Tisch klopfte, was Oma hörte, aber nicht störte. Sie kaute langsam weiter.

»Eva, schau, in Minga gibt's a Oper und Theater, einfach a feine G´sellschaft. Do werd´n Entscheidungen g´machd. Kimm mid mia aus unser´m Bauernkaff ´raus. Es werd dir nix fehl´n.«

Nun unterbrach Eva ihn: »I dank´ dir recht für dei Zuaneigung. Für dei Freindschaft, aber mei Entschluss is fest. I wui an Daniel heirat´n.«
»Daniel. So hoaßt der oiso.«
»Ja und i mechad sei Frau werd´n. Und i mechad dass du mir ned bös bist.«
Martin hatte mit Vielem gerechnet bei dieser Aussprache. Dass Eva sich vielleicht vernachlässigt fühlte, schlimmstenfalls einen Seitensprung nach einem Tanzabend, aber so eine deutliche Aussage wie vorhin überstieg sein Fassungsvermögen. Jedoch war er klug genug, seine derzeitige Lage zu erkennen, um schließlich mit der richtigen Reaktion dafür zu sorgen, dass seine Chancen gewahrt blieben.
»Eva, du woaßd wia mi des trifft. Aber i bin koa schlechta Verlierer. I mog di. Und i werd dei Freind bleim.«
Erstaunt, ja mit Verwunderung hörte sie Martins Antwort und konnte es kaum glauben. Er fuhr fort: »Wenn di da Lateinlehrer schlecht behandelt, kriagt er ´s mid mia z´doa.«

So ein Schmarrer, typisch Mannsbuid, dachte sich Eva und sagte jedoch: »Martin, i dank´ dir. Bist hoid a vernünftiga Kerl.«

Fast gleichzeitig bemerkten Eva und Martin einen Geruch, der nicht in eine Küche passt, sondern eher ins Plumpsklo draußen.

»Oma«, sagte Eva laut »hast wieda a Oa g´legt. Sog ma´s hoid, wenns´d as kemma spürst.«

Die Alte schaute erschrocken und brummelte »Schene Ostern!«, als ihr Eva beim Aufstehen half und mit ihr zur Türe ging.

Sie drehte sich noch einmal in Martins Richtung: »I bin glei wieda do. Oma braucht a frische Unterwasch.«

»Warum deads de Oma ned ins Altersheim? Dann habt´s ned so vui Arbad mid ihr« und mit der Kaffeetasse in der Hand sagte er noch: »So vui kost des Heim ned. D´Oma kriagt des doch gar ned mid.«

Unendliche Traurigkeit überkam Eva über Martins Mangel an Mitgefühl und sie antwortete ihm: »Jetzt bin i für mei Oma da, do in unsera Küch´.«

Martin schaute den beiden nachdenklich nach, wie sie aus der Tür schlurften. Als er schließlich allein in der Küche saß, schnaufte er tief durch, trank den letzten Schluck Kaffee aus, sah zum Kruzifix in der Ecke hinauf und flüstere dem gekreuzigten Christus zu: »Jesus, sei ma ned bös, aber zwoa is oana z´vui. Aba i vasprich dir. Er werd´ ned leidn miass´n.«

⁂

Ende April wurde es endlich so warm, dass sich die Einwohner von Haidkirchen wieder jeden Sonntag, falls es mal nicht regnete, nach dem pflichtmäßigen Gottesdienst im Biergarten beim Huber-Wirt neben der Pfarrkirche bei Bier, Brotzeit und Ratsch auslebten. Die Arbeit und die Sorgen während der Woche waren anstrengend genug. Am Nachmittag des siebten Tages konnten unter den Baumkronen der schattenspendenden Linden die täglichen Lebensängste weggelacht, weggetanzt und weggetrunken werden.

Eva und Daniel saßen über Eck an einem Tisch und hörten der Blaskapelle auf der Bühne zu, die ein ruhiges Stück zum Besten gab. Nun konnten sie sich auch in der Öffentlichkeit als Paar zeigen. Alle in der Gemeinde wussten über die Auflösung der Verlobung mit Martin Bescheid. Manche ließen noch ein paar dümmliche Kommentare ab, aber nach drei Wochen Ratsch und Tratsch war man sich in der öffentlichen Meinung einig: Kein Wunder, dass sie sich in den neuen Lateinlehrer verliebte. Ein gebildeter Mensch mit Einfühlungsvermögen, der in der Nähe ist, und nicht so ein Soldat, der fast nie da ist. Man bewunderte auch ein wenig die ruhige, ja fast ritterliche Reaktion von Martin, nachdem ihm Eva die Lösung der Verlobung erklärt hatte.

Mit zwei vollen Maßkrügen schritt Martin in seiner grünen Trachtenjacke auf den Tisch zu, an dem Eva und Daniel seit zwei Stunden saßen, und sagte:
»Dearf i mi kurz zu eich zwoa hocka?«
»Aba freili«, antwortete Eva, von der direkten Frage überrascht. Eva hätte nie den Mut aufgebracht, Nein zu sagen. Martin setzte sich Daniel gegenüber und schob ihm einen vollen Maßkrug hin und sagte: »So mei liaba Lateiner. Jetzad trink´ ma amoi auf die Braut. Auf de Eva.«

Daniel, gewandet in seinem altmodischen Lehreranzug, sah auf den vor ihm stehenden Tonkrug und ihm fiel sofort das Horaz-Zitat *Nunc est bibendum* ein, sprach es aber nicht aus. Er und Eva dachten das Gleiche: jetzt bloß keinen öffentlichen Eifersuchtsstreit.

»Wenn Du meinst. Ich bin dabei«, sagte Daniel.

An den Tischen herum wurden die Gespräche eingestellt, die pure Neugier hatte nun Vorrang. Was würde jetzt zwischen Martin, Daniel und Eva passieren? Alle im Biergarten wollten es mitbekommen.

Daniel griff langsam nach dem Krug vor sich, nahm diesen mit der rechten Hand, zog ihn zu sich und schob ihn dann mit Wucht ruckartig in Richtung Martins Krug.

Ein lauter steinerner Knall erklang, als die beiden vollen Maßkrüge aufeinander trafen. Die Musikkapelle hörte auf zu spielen. Im Biergarten war es nun still.

Daniel stand mit dem Maßkrug in der Hand auf und sagte laut: »Trinken wir auf meine Braut. Eva.«

Nun erhob sich Martin ebenfalls mit dem Krug in der Hand:

»Jawoi. Trink ma auf de Eva« rief Martin mit lauter Stimme und fügte etwas leiser noch hinzu: »Sei guad zur Eva. Sonst kriagstd´ as mid mia zum doa.«

Martin und Daniel standen sich gegenüber und jeder setzte zum Trinken an. Alle rundherum schauten zu, wie die beiden einige Sekunden gemeinsam tranken, als plötzlich Daniel seinen Krug absetzte und den letzten Schluck ausspuckte: »Das ist aber ein bitteres Bier. Fürchterlich.«

Martin stellte schnell seinen Krug ab und riss Daniels´ aus dessen Hand mit den Worten »Gib scho her«, stieg auf die Bank und hielt nun diesen nach oben und rief: »Dem Herrn Lateinlehrer schmeckt unsa Bier ned. Zu bitter! Wahrscheinlich, weil´s ned in da Antike braut woarn is.«

Die Gäste im Biergarten, die das hörten, fingen an zu lachen.

Martin stieg mit Daniels Krug von der Bank auf den Biertisch und rief: »Mei liaba Lateiner, wenns´d amoi a ganza Kerl sei mechst, nachad muasst amoi a ganze Maß auf oamoi aussauffa kenna. Pass auf, jetza trink i deine aus. Und de andern Sacha, wos a Mo kenna muaß in der Ehe, mei liaba Lateiner, da konn i dir aber ned helfa kemma. Vielleicht sogst dann a lateinisch's Liebesgedicht auf.«

Wieder ertönte lautes Gelächter rundherum, Daniel spürte wie die Wut von seinem Magen nach oben stieg, sauer und bitter zugleich. In dem Moment, als er aufstehen wollte, um auf Martins Worte gebührend und mit Scharfsinn zu antworten, spürte er plötzlich Evas Hand an seinem Oberschenkel und hörte sie flüstern:

»Bleib hocka. Genau des mechd er doch. Beim Raffa host ganz schlechte Kart'n gega eahm.«

Daniel sah Eva in die Augen und sie flüsterte weiter: »Los eahm saufa. Danoch werd er's bereu'n«. Gebannt starrten alle auf Martin, der aufrecht auf dem Tisch stehend Daniels Krug ansetzte und anfing zu trinken. Schluck für Schluck. Immer weiter hob sich das Tongefäß und die Haidkirchner starrten gespannt auf das Geschehen. Es glich einer Zirkusnummer, so als ob ein Artist ein außergewöhnliches Kunststück dem staunenden Publikum vorführte.

Nachdem Martin den letzten Schluck Bier hinuntergewürgt hatte, streckte er den leeren Krug wie eine Fackel nach oben. Die Haidkirchner brachen in Beifall aus, seine Freunde nickten anerkennend. Die Musiker spielten einen kurzen Tusch. Jawohl, das ist ein richtiger Mann!

Rund um den Tisch, auf dem Martin immer noch, nun aber leicht schwankend, stand, herrschte pure Begeisterung. Aber in all dem Lärm, in dem billigen Schauspiel um Suff und Männlichkeitswahn, ergriff Eva Daniels Hand: »Sowas duast du ned. Des is ned dei Stil. Und deshalb liab i nur di. Deshalb mechad i dei Frau weard´n. Mid dir oid weard´n. Pass auf, wenn i di glei zum Tanz´n aufforder´, dann konnst ned. Verstand´n?« Er sah sie verwundert an, aber einen Augenblick später begriff er.

Die Leute hatten ihr Schauspiel, ihre Unterhaltung gehabt, es gab keine böse Eifersuchtsszene, Martin stieg vom Tisch runter, die beiden Rivalen saßen sich wieder gegenüber und so konnten die Haidkirchner die Gespräche an ihren Tischen fortsetzen. Martin war etwas benommen und Daniel grinste innerlich und dachte daran, was nun kommen werde. Und dass er morgen früh nicht Martins Kopf aufhaben möchte. Die Blasmusik setzte wieder ein und stimmte einen Landler an. Sofort ergriffen nach den ersten Takten einige Burschen im Biergarten die Gelegenheit und führten ihre Angebetete auf den Tanzboden vor der Kapelle.

Eva sah Martin und Daniel eindringlich an. Keiner von beiden machte irgendwelche Anstalten, Eva aufzufordern.

»Wos is jetzad? Wui koana mit mir tanz´n?«

Daniel hob abwehrend seine Hand: »Tut mir leid, Eva. Aber das schaff' ich heute nicht mehr.«

Dann stand Martin auf, schwankte ein wenig und sprach leise: »I glaab mir langt's aa. I geh jetzad hoam. Und biesl'n muaß i a ganz narrisch dringend.«

»Nix do«, und dabei erhob sich Eva schnell, »i mechd jetzad tanz'n. Und ned bloß zwoa Mannsbuida beim Sauf'n zuaschau'n.«

Mit einem Ruck nahm sie Martins Arm und sagte mit bestimmendem Ton: »Jetzt tanz'n mia zwoa, und danach wechselst du di mit'm Daniel ab.«

Daniel schaute den beiden nach, wie Eva Martin regelrecht auf die Tanzfläche schleifte. Dort drehten sie sich zum Takt der Musik schnell im Kreise. Daniel war froh, dass er noch einige Minuten in Ruhe auf der Bank verweilen konnte. Die Blaskapelle und Eva kannten kein Erbarmen mit Martin. Üblich war, dass nach drei Tänzen eine kurze Pause eingelegt wurde, um die Partner zu wechseln oder zurück an den Platz zu gehen. Aber fünf Tänze lang war diese Runde und Martin lief der kalte Schweiß von der Stirn, er war blass im Gesicht. Nach dem letzten Takt des fünften Stückes brachte er Eva zurück an den Platz und verabschiedete sich mit zittriger Stimme von den beiden. Eva lächelte verschmitzt, als Martin schwankend und von vielen Haidkirchnern beobachtet den Biergarten verließ. Sie sah ihm bis zum Ausgang nach und sagte dann zu Daniel:

»I glaab, des war a bisserl z´vui für eahm. Nach dem blädn Sauf´n auf´m Tisch, dann no fünf Tänz´. Wos moanst du, Daniel?«

In diesem Moment sah sie erschrocken, dass auch Daniel ganz blass war. Er wirkte mehr als betrunken, irgendwie geistesabwesend und der Schweiß lief ihm in großen Tropfen von der Stirn bis auf die Nasenspitze.

Nachdem Martin den Biergarten verlassen hatte, ging er in Richtung des elterlichen Hofes, der in knapp zwei Kilometer Entfernung lag, und auf dem er bei seinen Heimatbesuchen lebte. Nach einem Kilometer führte die unbefestigte Straße an einem Wald vorbei. Schwankend, von Schweiß durchnässt und mit Schmerzen im Bauch kämpfte sich Martin vorwärts. Plötzlich trat ein bärtiger Mann mit braunem Mantel und schwarzem Schlapphut aus dem Wald und stellte sich Martin in den Weg. Martin zuckte kurz und sagte mit zittriger Stimme: »Verdammt no moi. Wo warst denn so lang?«

»Im Biergarten warn mia zvui Leit. Und Herr Leutnant mecht ja ned, dass mia zsamma g´seng wearn.«

Der finster dreinblickende Mann, der aussah wie ein gefährlicher Straßenräuber, griff in seine hellbraune Ledertasche, die an seiner rechten Seite hing, holte eine kleine dunkelgrüne Flasche hervor und hielt sie Martin hin. Mit einer hastigen Handbewegung riss Martin das Fläschchen an sich, zog den kleinen Korken ab, setzte an und trank den ganzen Inhalt ohne Absetzen aus. Nachdem Martin das Gefäß geleert hatte, schaute er zu dem ihm wohlbekannten Mann und sprach leise:

»Werd´s no langa?«

»Herr Leutnant, i hob Eahna aus meim Versteck g´sehn. Sie ham sehr vui trunka aus der Mass. Wo warn´s denn so lang danach no?«

»Tanz´n hob i no miaß´n. Oiso? Werd´s desmoi a no langa?«

Ohne eine Antwort abzuwarten, ging er an dem vertrauten Mann mit den Worten vorbei: »I geh hoam zu meine Eltern. I leg mi in mei Bett.«

Der bärtige Mann folgte mit den Augen dem torkelnden und keuchenden Martin nach. Als dieser schon einige Meter entfernt war, hörte Martin ihn noch sagen: »Morg´n in da Fria wiss´ma mehr, Herr Leutnant. Wenn Eahna Körper kalt is, dann ham´s des Gegengift z´spat trunka. Des hob i oiwei scho g´sogd: Z´vui Tanz´n is ung´sund.«

∼

Mit einem kräftigen Ruck öffnete die Mutter die Kammertür ihres Sohnes. Sie war zornig, denn es war schon fünf Minuten nach sieben, und der Sohnemann war immer noch nicht zum Frühstück erschienen. In einem lauten, bestimmenden Tonfall donnerte sie Richtung Bett: »Steh endli auf!«

Im Bett lag ein junger Mann auf dem Rücken, der immer noch seine Hose und Jacke vom Vortag anhatte, sein Kopf war Richtung Wand gedreht.

»De Nachbarin hod´s mia gestern auf d´Nacht no vazählt, was gestern im Biergart´n los war. Host g`spiem?«

Die Mutter suchte mit den Augen den Boden nach Erbrochenem ab, fand jedoch keine Spuren davon, ging Richtung Bett und setzte mit der Ermahnung fort: »Wuist mid der Sauferei bei der Eva Eindruck schind´n?«

Als sie am Bett stand, konnte sie das Gesicht ihres Sohnes sehen. Es war blutleer weiß. Sie erschrak und berührte mit ihrer Hand die Stirn. Kalt. Dann fasste sie nach der rechten Hand des jungen Mannes. Kalt! Sie beugte sich über ihren Sohn, ergriff mit beiden Händen den kalten Kopf und rief:

»Bua! Wach auf!«

Nichts. Keine Reaktion. Die Mutter schrie auf:
»Na! Bua, mach de Aug´n auf!« Dann begriff die Frau, dass ihr Sohn tot war, ließ den Kopf langsam auf das Kissen sinken, drehte sich schnell um und rannte völlig aufgelöst aus dem Zimmer, um Hilfe zu holen. Totenstille herrschte im Zimmer.

Auf dem Holzboden lag ein kleines, dünnes Büchlein, das die Mutter bei ihrer schnellen Drehung mit dem Rock vom Tischchen neben dem Bett herunter gewischt hatte. Am Abend zuvor hatte der junge Mann nicht mehr darin gelesen, es war ihm nicht mehr möglich. Bereits am frühen Abend hatte er sich hingelegt, da die Bauchschmerzen stärker geworden waren, aber nach einer Stunde ließen die Beschwerden nach und er schlief ein. Versank in seinen letzten Schlaf, aus dem er nicht mehr erwachte. Das Büchlein am Boden trug den Titel »*Die Kürze des Lebens*« und darin beschreibt der Philospoh Seneca, wie die Menschen ihre Lebenszeit für Sinnloses vergeuden. Besonders gerne las der Tote den Text jedoch in der Originalsprache und sein Lieblingssatz lautete:

Maximum vivendi impedimentum est expectatio, quae pendet ex crastino, perdit hodiernum*.

*Das größte Hindernis für das Leben ist die Erwartung, die am Morgen hängt und das Heute vertut.

Daniel wurde am Mittwoch Vormittag beerdigt, drei Tage nach den Ereignissen im Biergarten. Die Haidkirchner Pfarrkirche war bei der Totenmesse bis auf den letzten Platz gefüllt. Auch an den Seitengängen standen die Leute dicht gedrängt, alle in schwarzen Mänteln und Überwürfen gekleidet. Da es stark regnete und der Wind seitlich kam, hatte der Mesner keines der oberen Fenster an den Seiten des Kirchenschiffes geöffnet. Bereits nach den Lesungen war die Luft schon muffig feucht wie in einem uralten Gemäuer. Die verschiedensten Gerüche und menschlichen Ausdünstungen der Gottesdienstbesucher in ihren nassen Mänteln vermischten sich zu einem üblen Gestank. Als dann beim Evangelium noch der Weihrauch hinzu kam, schaffte es ein junges Mädchen aus der Nachbarschaft der trauernden Familie gerade noch aus der Kirche, um sich dann hinter dem ersten Grabstein erlösend zu übergeben.

In der ersten Reihe saßen die Eltern und die drei Geschwister. Der Vater umfasste während der ganzen Totenmesse die rechte Hand der Mutter, die den Kopf gesenkt hielt und leise in ein weißes Taschentuch schluchzte. Daniels ältere Schwester, die am Vorabend aus Niederbayern, wohin sie nach der Heirat mit einem Großbauern vor 20 Jahren gezogen war, noch angereist war, saß rechts neben dem Vater. Die beiden Brüder, der ältere und Nachfolger im elterlichen Schreinereibetrieb und der Jüngere, der noch in die Lehre ging, hatten ihren Platz links neben der Mutter. Ab und zu sahen sie auf den Kranz mit Blumen, der vor dem Ambo aufgestellt war, und auf das graue Foto im stehenden Bilderrahmen. Es zeigte einen kaum lächelnden Daniel im schwarzen Anzug. Das Foto war noch keine zwölf Monate alt, denn kurz nach seinem Examen war der junge Lateinlehrer in Innhausen zum Fotografen gegangen, damit er für die Personalakte der Schule ein aktuelles Bild abgeben konnte.

So saßen die Niedermeiers zusammen in der ersten Reihe, hinter ihnen die Onkel, Tanten, Cousins und Cousinen, dann folgten die Oberhubers, unter ihnen Eva. Ihr Gesicht konnte unter dem schwarzen Schleier nur ansatzweise erkannt werden. Sie nahm während der ganzen Beerdigung den Schleier nicht ab. In ihren Händen hielt sie die trockene Rose, die ihr Daniel beim letzten Zusammensein vor der Kapelle geschenkt hatte. Regungslos und auf die Heiligenfiguren Stephanus, Benno und Korbinian am Hochaltar starrend, harrte sie die ganze Totenmesse aus und sie fühlte förmlich, wie die Leute in der Kirche immer wieder zu ihr gafften und sie musterten.

Martin war noch früh genug in die Kirche gekommen, um einen Sitzplatz im mittleren Teil des Kirchenschiffes zu ergattern. Abwechselnd gingen seine Augen zu Eva und zu den Niedermeiers. Und zwei-, dreimal auch auf Daniels Foto, was ihm spürbar unangenehm war. Daniels Gesichtsausdruck hatte für Martins Ermessen etwas Anklagendes, als ob Daniel ihm sagen wollte:

»Schau, was du angerichtet hast. Welchen tiefen Schmerz du meinen Lieben zugefügt hast.«

Plötzlicher Herzstillstand, das kommt vor, auch bei einem 26-jährigen Mann. So war die Aussage des Arztes, der Daniels Leichnam am Montag Morgen in seinem Bett untersuchte. Nachdem Eva am Tag zuvor im Biergarten bemerkt hatte, dass Daniel blass wurde und stark schwitzte, vermutete sie eine beginnende Sommergrippe und begleitete ihn nach Hause zu seinen Eltern. Dort nahm ihn sein jüngerer Bruder in Empfang und dieser brachte ihn in seine Kammer. Eva hatte sich vom Geliebten mit Genesungswünschen verabschiedet. Nicht einmal ein Kuss zum Abschied war möglich.

Plötzlicher Herzstillstand, das notierte auch der Polizeibeamte in sein Büchlein, als er zur Aufnahme des Todesfalles vom Arzt in das Niedermeier-Haus bestellt wurde.

Plötzlicher Herzstillstand, wiederholte der Arzt und erklärte dies mit einer möglichen erblichen Belastung oder einer verschleppten Grippe oder Entzündung ohne Auskurierung aus der Jugendzeit. Ein angegriffener Herzmuskel, der auch mal aussetzen konnte.

Plötzlicher Herzstillstand, das war meistens die Diagnose der Ärzte, wenn sie die Toten untersuchten, die Martin mit der Giftmethode ermordet hatte. Martin ging dabei immer nach dem gleichen Schema vor. Zuerst machte er sich, manchmal bereits Wochen vorher, scheinbar zufällig mit dem Opfer bekannt und pflegte dann einen zufällig lockeren Kontakt. Und nach ein paar Wochen traf man sich, wie vom Mann am Münchner Nordfriedhof bestimmt, bei einem Jubiläum oder Empfang. Das Opfer vermutete niemals böse Absichten, wenn Martin mit zwei Sektgläsern herantrat und eines davon anbot. Dann wurde auf das Wohl des Kaisers zugeprostet und beide tranken. Nur im Glas des Opfers war ein starkes, nach spätestens zwei Stunden wirkendes, den Herzmuskel lähmendes Gift. Ein vom Innenministerium entwickeltes Präparat, um lästige Personen ohne große Anstrengungen mundtot zu machen. Der Giftmischer, wie Martin seinen Mordgehilfen bezeichnete, stellte das Präparat nie selbst her, sondern er bekam über Mittelsmänner die geforderten Ampullen. Niemals führte eine Spur direkt ins Innenministerium zu den Mitarbeitern bei der

Geheimpolizei. Die exakte Rezeptur unterlag natürlich höchster Geheimhaltung. Was man jedoch wusste, war, dass es sich um ein südamerikanisches Nervengift handelte, das die dortigen Indianer auf Pfeilspitzen strichen und mit meterlangen Blasrohren zielgenau auf ihre Beutetiere schossen. Im Chemielabor des Innenministeriums konnte eine anorganische Verbindung entwickelt werden, welche die ursprünglich sekundenschnelle Wirkung des Nervengiftes um zwei Stunden verzögerte. In einem unbemerkten Moment knackte Martin die Ampullenspitze und goss das Gift stets in das Glas in seiner rechten Hand, um bloß nicht eine Verwechslung zu riskieren. Und Getränke, so die Etikette, bietet man seinem Gast immer mit der Rechten an.

Einen entscheidenden Nachteil hatte das sehr wirkungsvolle, nicht nachweisbare Gift: bei jeglichem Getränk verursachte es einen bitteren Geschmack. Falls das Opfer aufgrund des sonderbar bitteren Geschmackes das Glas nicht leerte, nahm Martin dieses immer an sich, achtete darauf, dass mindestens zwei Augenzeugen es mitbekamen, wenn er den Rest des Getränkes trank, um schließlich dann laut und deutlich alle Umstehenden wissen zu lassen, dass er keinerlei bitteren Nebengeschmack wahrgenommen hätte. Bei den anschließenden polizeilichen Untersuchungen wurde ein möglicher Verdacht auf Giftmord nach Befragung der

Zeugen sofort verworfen, da Martin ja auch aus dem Glas getrunken hatte. Und es gab einen wichtigen Vorteil des Giftes: Bei rechtzeitiger Einnahme des Gegenmittels wurde die tödliche Wirkung neutralisiert. Dieses Fläschchen trug der Giftmischer mit sich und kümmerte sich darum, dass Martin sobald wie möglich daraus trank.

Plötzlicher Herzstillstand, das konnte auch ausländische Diplomaten oder wichtige politische Persönlichkeiten treffen, und ganz besonders dann, wenn die Person dem zunehmenden Einfluss des Militärs auf die Politik des Deutschen Reiches kritisch gegenüber stand. Ein, zwei dumme Bemerkungen in Anwesenheit von kaiserlichen Spitzeln über den Irrsinn der Aufrüstung um jeden Preis, vor allem auf Kosten wichtiger sozialer Themen wie Gesundheit, Bildung und Städteentwicklung. Die Information gelangte in die Machtzentren nach Berlin, und dort wurde, wenn man glaubte, die Staatssicherheit sei durch den Kritiker gefährdet, ein besonderer Auftrag formuliert. Martin übernahm immer die Ausführung des kaiserlichen Spezialauftrages, wenn das Opfer sich im Süden - meist in München - aufhielt. Und bei der Geheimpolizei im Innenministerium konnte man sich auf eine fehlerfreie Ausführung der Spezialaufträge durch Martin verlassen. Er verstand sein Todeshandwerk.

Der Pfarrer hatte für die Lesung einen Text aus dem Buch Kohelet gewählt, in dem es hieß, dass es für alles eine Zeit gäbe. Er dachte, damit könne er die Trauernden trösten. Alles hat seine Zeit.

Als der Lektor, ein Lehrerkollege aus Innhausen, bei der Lesung an die Stelle kam »Eine Zeit zum Gebären und eine Zeit zum Sterben«, schluchzte die Mutter hörbar auf. Das stimmt nicht! Das ist falsch, dachten sich viele Menschen in der Kirche. Es war noch nicht die Zeit für Daniel, mit 26 Jahren zu sterben.

Die Luft wurde immer stickiger, bei der Wandlung schwenkten die Oberministranten das Weihrauchfass so kräftig, dass dichter Rauch über dem Altar hing und dieser langsam Richtung Kirchenschiff zog. Ein Husten und Räuspern ertönte, manchen Personen wurde sogar übel, dementsprechend übel war auch der Gesang der Trauergemeinde beim Agnus Dei.

Die hölzernen Heiligenfiguren am Hochaltar und an den beiden Seitenaltären starrten stumm in verschiedene Richtungen, als ob sie die ganze Totenmesse nichts anginge. Sie hätten aber auch im Dienste der Gerechtigkeit kurz lebendig werden können. Sie hätten alle ihre Köpfe drehen und in Richtung der mittleren Kirchenbänke blicken können. Alle Figuren hätten ihren rechten Arm erheben und dann mit dem Zeigefinger auf die Person zeigen können, die vier Bänke hinter Daniels Mutter saß. Und dann hätten alle Figuren kurz ihre

Stummheit verlieren und gemeinsam sagen können: »Dort sitzt der Mörder. Martin.« Aber natürlich passierte dies nicht. Die Figuren blieben regungslos und stumm, wie schon seit Jahrhunderten. Als ob sie das alles nichts anginge. Das unsägliche Leid, das Martin Eva und der Familie Niedermaier angetan hatte, blieb ohne Strafe. Auch dieser Mord blieb ungesühnt. Vorerst.

༄

Juni 1909

Das alte Wirtshaus an der Innbrücke auf der Haidkirchner Seite, der Schiffer-Wirt, war ein beliebter Treffpunkt der einheimischen jungen Männer. Denn hierher kamen keine klug schwätzenden Honoratioren, die prinzipiell die Tugend der Jungen in Frage stellten. Auch der Pfarrer ließ sich hier niemals blicken. Der Schiffer-Wirt hatte jedoch seine beste Zeit bereits gehabt, bevor die Eisenbahn kam, als viele Güter noch auf dem Inn mit Plätten transportiert wurden. Stromaufwärts wurden die flachen Boote von am Flussufer stampfenden Pferdegespannen mühsam gezogen, stromabwärts mussten die Plätten auf dem schnell fließenden Fluss geschickt von den Bootsleuten gesteuert werden. Entlang des Inns konnten an Stationen die Pferde versorgt werden und die Güter am Markt, wenn denn eine größere Siedlung in der Nähe war, zum Verkauf angeboten werden. Die Arbeit auf den Plätten war ein harter

Broterwerb, nur was für raue Burschen, die zu gerne in den Wirtshäusern an den Anlegestellen ihren Lohn für Zerstreuung bei schwerem, dunklem Bier und leichten, blonden Damen ausgaben. Die goldenen Zeiten der Treidelzüge auf dem Inn waren jedoch vorbei. Seit der Römerzeit wurden Korn, Holz, Tonwaren, Wolle, Vieh, Wein und auch Kriegsgerät auf den Plätten befördert. Dieser Verkehrsweg stellte eine wichtige Nord-Süd-Verbindung dar. Jetzt, nach dem Ausbau des Eisenbahnnetzes mit dem Bau der Verbindungen Innsbruck-München und München-Salzburg brachten die Innschiffer fast nur noch Zement aus einem nahe gelegenem Werk über Wasserburg bis nach Passau.

In dem einzigen Gastraum, der auch bei Tage wegen der kleinen Fenster immer sehr duster war, saßen an diesem Juni Abend 1909 nur sechs junge Männer am großen Tisch neben der Schänke. Die anderen vier Tische waren leer. So waren diese Männer die einzigen Gäste, die der am Zapfhahn stehende Wirt zu versorgen hatte. Langsam ließ er das dunkle Bier in die Steinkrüge laufen, kratzte sich ab und zu am Kopf und hörte der Gruppe zu.

Seit einer Stunde schon drehte sich das Gespräch um die nationale Lage und den schwelenden Konflikt zwischen Frankreich und dem deutschen Kaiserreich. Die Augen und Ohren richteten sich auf den Mann an der

Stirnseite des dunkelbraunen Holztisches. Er zog mit Erzählungen und militärischem Wissen die anderen Männer in seinen Bann. Das waren die Momente, die Martin Gruber bei seinen Heimaturlauben immer genoss. Wenn seine Altersgenossen ihn mit Bewunderung anblickten und seinen Berichten von diplomatischen Empfängen, Unterredungen mit Militärs und protokollarischem Dienst mit Ehrfurcht folgten. Martin, einer von ihnen, mit dem sie die Dorfschule in Haidkirchen besucht hatten, mit dem sie gemeinsam die strenge Kommunion- und Firmvorbereitung genossen hatten, mit dem sie gemeinsam auf der Wies'n in Innhausen Märzenbier gesoffen und die jungen Mädels angemacht hatten, kurz, einer von ihnen, hatte nach dem Wehrdienst Karriere gemacht. Waren die Preussen auch wegen ihrer Sprache und Steifigkeit verhasst, der tiefe Respekt galt deren strengem Militär mit dem perfekten Drill und dem glitzernden Spektakel in Uniformen.

Martin gab gerade die Geschichte zum Besten, als der Kaiser vor einem dreiviertel Jahr in München zu einem Diplomatenball kam und er und fünf seiner Kameraden die Wache im Zugang zum Separee stellten. Der Kaiser und zwei Regierungsberater empfingen damals eine dreiköpfige Delegation einer norddeutschen Werft. Martin erzählte, dass er an der inneren Tür gestanden sei und mit verfolgen konnte, wie auf dem großen Eichentisch in der Mitte von einem Delegationsmitglied ein riesiger Plan ausgerollt wurde. Der Plan zeigte einen großen Kreuzer mit vier großen Geschütztürmen und aus jedem Turm ragten zwei Kanonenrohre heraus. Dann hörte er den Kaiser sagen, dass er nicht fünf, sondern acht Kreuzer dieser Art haben wolle, und zwar so schnell wie möglich. Das sei ja nun möglich, weil die Finanzierung geregelt sei, dank der Flottennovelle aus dem Jahr 1908, welche die Verdopplung der Schlachtflotte zum Inhalt habe. Und dann habe der Kaiser mit einem zynischen Lächeln gesagt, dass er seinen Verwandten in England im Kanal mal ein bisschen ärgern möchte. Die umstehenden Berater und Werftdelegierten hatten mit einem höflichen Lächeln geantwortet, wie es sich geziemt, wenn Vorgesetzte einen Scherz machen. Auf die Frage des Kaisers, bis wann alle Schiffe einsatzbereit seien, hatte der Delegationsführer der Werft erwidert, Ende 1912. Der Kaiser habe damals nur geantwortet, dass man dann endlich der englischen Kriegsflotte in der Anzahl der Kriegsschiffe gleich sei, aber die Feuerkraft und Reichweite der Geschütze auf den deutschen Schiffen größer sei. Der Kaiser habe dann das Glas erhoben, die anderen Männer nahmen auch ihr Glas zur Hand, und es folgte ein Trinkspruch auf die deutsche Flotte. In spätestens fünf Jahren werde Deutschland dann mal auf den Meeren aufräumen. Solche und ähnlich kraft- und machtbesoffenen Kommentare kamen dann von den Beratern und Delegierten. Der Kaiser sagte nur leise, vielleicht dauere es gar nicht noch fünf Jahre, bis es endlich zum Krieg komme.

»Meine Herren! Wenn wir gut gerüstet sind, wird sich schon irgendein Anlass finden, um zuerst gegen unseren Erzfeind Frankreich ins Feld zu ziehen«, schloss der Kaiser die Unterredung.

Wann immer Martin diese Begebenheit vom November 1908 erzählte, schloss er mit den Worten: »Ihr werds´ es scho sehng. Mia wear´n in spatestens vier Jahr a unschlagbare Flotte ham. Dazua a Ries´nheer. Und dann geht´s los.«

Mit frisch gefülltem Bierkrug in der Hand fügte Martin noch hinzu:

»Spatestens in fünf Jahr gehd´s Richtung Paris. Denkt´s dro. Da Kriag kimmt. Des hob i selba vom Kaiser g´heard.«

Alle Augenpaare waren auf Martin gerichtet, und er badete in Aufmerksamkeit und Bewunderung. Gerade als er zur nächsten Militäranekdote ansetzten wollte, betrat ein mittelgroßer Mann den Gastraum, in einem langen braunen Mantel gehüllt. Der Mann schloss hinter sich die Eingangstür, nahm den schwarzen Schlapphut ab und ließ seinen Blick über die Tische schweifen. Alle Tische bis auf einen waren immer noch unbesetzt.

Der Mann fand in der Gruppe denjenigen, den er seit Wochen suchte. Mit zufriedener Miene stellte er sich an die Theke, bestellte einen Obstler und ein Bier, trank zuerst hastig den Schnaps und anschließend gemächlich das Bier. Dabei beobachtete er die Gruppe Männer am Tisch. Martin erkannte sofort seinen Helfer, den Giftmischer, den er zum letzten Mal nach dem Mord an Daniel am Waldrand getroffen hatte. Er trug keinen Bart mehr. Martin beendete seine Manövererzählung, stand auf, zahlte beim Wirt seine Zeche und mit einem großen »Servus bei´nand« an die Runde und einem Klopfen mit der rechten Hand auf den hölzernen Wirtshaustisch verabschiedete er sich.

Nur wenige Augenblicke, nachdem Martin den Schiffer-Wirt verlassen hatte, legte der Giftmischer dem Wirt zwei Geldstücke hin und verließ ebenfalls das Gebäude. Es war schon dunkel draußen, aber er erkannte, wie Martin nach rechts, Richtung Inndamm ging. Er folgte ihm, auch als Martin den Damm hinter sich ließ, hinunter zum Ufer ging, dort stehen blieb und auf den Fluss sah. Der Giftmischer war nur noch fünf Meter weg, als Martin sich umdrehte und sagte:
»Bist du total narrisch, Bursch. I hob doch g´sogt, i wui ned, dass ma uns z´samma sigt.«
»Herr Leutnant. Mia ham ausg´machd, dass nach der G´schicht im Biergart´n Schluss is. I kriag no des Geld

für de letzt'n drei Morde. Insgesamt sechshundert Mark.«

»Freili kriagst dei Geld. Und dann is Schluss, wia ausg'machd. Wos machs'd danoch?«

»Mid dem Geld, des i ma daspart hob, weard i ma an Zeitungskiosk in Minga am Stachus kaffa. Da Vertrag is scho aufg'setzt.«

»Do host Recht. Zeitungen und an Tabak kaffa de Leit imma.«

Martin griff in die Innentasche seiner dunkelbraunen Jacke, holte einen flachen, schwarzen Lederbeutel hervor und öffnete diesen. Er nahm sechs Geldscheine, blaue 100 Mark-Banknoten heraus und hielt diese seinem Kumpanen mit der linken Hand hin. Der zukünftige Kioskbesitzer näherte sich zögerlich, nahm das Geld, zählte dieses und sagte:

»Passt. Dann samma oiso quitt, mia zwoa.«

»Passt« erwiderte Martin.

»Oiso nacha. Leb'n Sie wohl, Herr Leutnant.«

Nach diesen Worten drehte sich der Giftmischer um und ging Richtung Damm los. In diesem Moment öffnete Martin seinen Mantel, zog ein handlanges Messer mit der rechten Hand hervor, machte blitzschnell zwei große Schritte vorwärts, fasste mit der flachen linken Hand dem Giftmischer an den Mund und hielt diesen fest zu, zog den Kopf nach hinten und mit einem tiefen festen

Ruck schnitt er ihm die Kehle durch. Der Giftmischer, von der Attacke von hinten völlig überrascht, hielt sich den Hals. Mehr als ein blutiges Gegurgel war nicht zu hören. Martin riss seinen Komplizen zu Boden und stach dem auf dem Rücken Liegenden mit dem Dolch in die Herzgegend. Kein Laut.

Wie so viele Male zuvor, wenn er im Auftrag des Militärs mordete, beherrschte Martin sein Handwerk auch dieses Mal perfekt. Martin nahm dem Toten die Geldscheine wieder ab, durchsuchte alle Taschen nach Papieren und Gegenständen, die auf dessen Identität Rückschlüsse zugelassen hätten, fand aber nichts. Martin stach noch fünfmal in die Bauch- und Lungengegend des Ermordeten und zog diesen an den Stiefeln die letzten fünf Meter zum Flussufer. Mit einem kräftigen Tritt stieß er den Leichnam mit einem Platschen in den Inn. Von der Strömung mitgenommen, schwamm der Giftmischer noch einige Momente an der Oberfläche, aber nachdem die Kleidung vollgesogen war und die Luft aus den Lungen und dem Bauch entwichen war, ging der tote Körper unter. Wann immer der Leichnam wieder auftauchen sollte, niemand würde in einer der Städte flussabwärts, in Wasserburg oder Passau, die Identität feststellen können.

Martin blickte seinem letzten Mordopfer noch einen Moment nach. In einem hohen Bogen warf er das Messer weit in die Mitte des Flusses und brummelte beim Weggehen:

»So a Depp. Er hätt´s doch wiss´n miass´n, wia de G´schicht für eahm amoi ausgeht.«

Martin hielt sich auch im Fall des Mordes an Daniel Niedermeier an die Weisung des Unbekannten auf dem Münchner Nordfriedhof: Der Kaiser wünscht keine Zeugen.

⁂

Im großen Saal beim Huber-Wirt waren alle Plätze mit Gästen besetzt, es war die Hochzeit des Jahres in Haidkirchen. Vor wenigen Stunden hatten sich die Brautleute an diesem Samstag, dem 11. März 1911, in der Pfarrkirche das Eheversprechen gegeben. Nun saßen sie an der Spitze der Tafel, verfolgten das Treiben auf der Tanzfläche. Ein schönes Paar gaben sie ab: Martin Gruber und Eva Gruber geb. Oberhuber.

Nur zwei Jahre nach dem Tode Daniels hatte Martin sein Ziel erreicht: Seine geliebte Eva war nun seine Ehefrau. Nichts und niemand konnte ihm mehr in die Quere kommen. Nicht mit Trotz und Starrsinn, sondern mit Klugheit und Geduld schaffte er es, dass Eva, nachdem sie ein ganzes Jahr Schwarz getragen hatte, wieder seine Nähe und das vertraute, tröstende Gespräch mit ihm suchte. Sie kamen sich wieder näher, Eva erinnerte sich sehr wohl, dass Martin ihr nach der Lösung ihrer Verlobung nicht wild eifersüchtige Vorwürfe gemacht, sondern sich eher ruhig und traurig zurückgezogen hatte. Martins Plan ging wahrlich auf, aber das hatte ihm schon vor Jahren ein Ausbilder bei der Leibgarde immer geraten, der es so formulierte: »Analysiere deine aktuelle Situation, agiere niemals vorschnell aus dem momentanen Gefühl heraus und denke bei deinen Handlungen immer an die übernächsten Schritte.« Militärisch gesprochen, im Krieg kann man eine Schlacht verlieren, entscheidend ist es, die letzte Schlacht zu gewinnen. Die militärische Ausbildung hatte somit Martin auch in einem Privatkrieg gegen seinen Nebenbuhler den Sieg beschert. Wo es Sieger gibt, gibt es auch Verlierer. Und der Verlierer in diesem Fall lag seit zwei Jahren in einer Gruft auf dem Haidkirchner Friedhof.

Im November 1910 schließlich hielten sich Martin und Eva fest umschlungen in den Armen, so wie vier Jahre zuvor hinter dem Wirtshaus während des Dorffestes. Diese Umarmung geschah nach dem gemeinsamen Besuch einer schlichten Komödie, aufgeführt vom Haidkirchner Theaterverein im Saal des Huber-Wirtes, bei deren Schluss alles glücklich endete. Eva fühlte sich unendlich sicher, ja geborgen bei Martin. Und Martin, klug genug, nicht männlich eitel zu reagieren, fragte Eva erneut, ob sie seine Frau werden wolle. Nicht tiefe Liebe, sondern Geborgenheit und Sicherheit waren die Motive, die Eva dem Werben Martins nachgeben ließen. Die Eltern nahmen die freudige Neuigkeit mit Begeisterung auf. Endlich nahm die Sache zwischen Martin und Eva ihren Lauf, wie die Patriarchen der Familien es schon lange vor dem störenden Erscheinen des Lateinlehrers ausgemacht hatten. Endlich wieder Normalität zwischen den Familien Gruber und Oberhuber.

Die Hochzeitsgesellschaft war ausgelassen, die Menschen lachten laut, auch über die uralten, allen bekannten Witze des Hochzeitsladers. Sie tanzten immer wieder mit Hingabe den Walzer und freuten sich über das Wiederzusammenfinden der beiden jungen Brautleute. Nach dem zweiten Gang des gemeinsamen Abendessens, dem zarten Kalbsbraten in heller Rahmsoße, trat der Vater der Braut, Josef Oberhuber, vor den Tisch des Paares, hielt sein mit Weißwein gefülltes Glas in der Hand, nahm einen kleinen Dessertlöffel von der Tafel und schlug dreimal gegen das Glas. Der helle, klare Ton sorgte umgehend für Ruhe im großen Saal des Huber-Wirtes. Auch die sonst nervig lärmenden Bedienungen unterbrachen ihre Tätigkeiten.

Über zweihundert, festlich gekleidete Gäste schauten gespannt zu dem Brautvater, der nun eine Rede halten würde. Dieser sah mit einem glücklichen Lächeln zuerst seine strahlende Tochter und dann Martin an, wandte sich an die Gäste, hielt sein Weinglas hoch und sagte mit kräftiger Stimme: » ...

... Prost! Damit da Zipfe ned verrost!«

Eine unbemerkte Zuhörerin

… Prost! Damit da Zipfe ned verrost!«

Jonas reißt die Augen auf. Er sieht wie Emil sein Weißbierglas hoch hält. Emil wiederholt laut seine Worte:
»Prost! Damit da Zipfe ned verrost« und stößt mit Hans an, der nur brummt: »Jawoi.«
Und zu Jonas gewandt meint Emil mit einem Grinsen:
»Entschuldige, Jonas. Aba der Trinkspruch hod hoit so guad passt.«
Jonas sieht rüber zu Paula, die nur lakonisch sagt:
»A nette G´schicht, Jonas. A bisserl kitschig. Aber schee. Schee, dass ois so guad ausganga is. Und sie lebten glücklich bis an ihr Lebensende, ned wahr. Einfach schee.«

Mit diesen Worten wendet sie sich vom Tresen ab und geht zu den nächsten Tischen, weil die hungrigen Gäste der Sportgaststätte ihre Bestellung aufgeben wollen. Emil setzt sein Glas ab, legt seine rechte Hand auf Jonas´ Unterarm und sagt in einem ruhigen Ton, so dass nur Hans es noch hören kann:

»Jonas, mei Freind. Des is wieda a scheene kitschige Liebesg´schicht, aba les´n weard deine G´schicht´n freiwillig koana.«

Jonas schaut geknickt auf den hellen Tresentisch und hört Emil weiter zu:

»Scho wieda koa Sexszene drin. Dauernd hockan bei dir de Liebespaare auf Bankal vor irgendwelch´n Kapellen rum. Pack hoid amoi a deftige Bumsszene nei.«

»Jawoi«, grunzt Hans und hebt wieder sein Weißbierglas zum nächsten Schluck. Emil setzt seine Kritik fort:

»Und bittschön verschon´ deine Leser mit lateinische Sprüch´. Dir g´foit des. Des is aba sterbenslangweilig. Pass auf. Gestern hob i an sauguadn Film im Fernsehn g´sehng. Verbrühung oda so ähnlich. Irgend so a schwedische, völlig durchk´noide Ermittlerin. Verdammt no a moi - mir foit da Nama vo dera Tussi nimma ei. De hod so an Ring in der Nos´n g´habt. Total krank der Film. Irre brutal. Jonas, des mög´n d´Leit. Des war geil.«

Als Emil seine Hand von Jonas Unterarm nimmt, fügt er hinzu:

»Also, Jonas, bei da nächst´n G´schicht: koa Latein, koa theologisches G´schwafel, und endli mehra Sex. Und dann werd bestimmt amoi irgendjemand a G´schicht von dir lesen.«

Jonas will gerade etwas zu Emil sagen, als plötzlich die Champions League Fanfare aus den Lautsprechern ertönt. Alle Gäste beenden ihre Tischgespräche und drehen ihre Köpfe wieder Richtung Leinwand, auf der die Sechziger und

Italiener in frischen Trikots zur zweiten Halbzeit aufs Spielfeld schreiten.

Emil fasst sich an die Stirn: »Na, bittschön ned. Da Trainer van Midwonwagenlings hod den Homez ned ausg'wechs'lt. Dabei woaß doch a jeda, dass da Homez koa Tor nimma trifft.«

An Jonas gewandt:

»Es gehd weida. Dankschön für de Hoibzeitg'schicht.« Er blickt Jonas an und meint: »Du bist so ruhig. Wuist no wos sogn?« Leise murmelt Jonas:

»Passt schon. Du hast Recht. Der Homez trifft kein Tor niemals mehr.«

Mit einem kräftigen Schlag auf Jonas' Schulter stimmt Emil zu: »Na oiso. Du host ja doch a bisserl a Ahnung vom Fuaßboi.«

Jonas steht auf, seine Schulter schmerzt vom Einschlag, er geht rüber zu den Stühlen an der Schänke und setzt sich zerknirscht. Er schaut nicht zur Leinwand, sondern seine Augen fahren geistesabwesend die oberen Regalreihen mit den metallisch glänzenden Pokalen aus unzähligen Fußballturnieren ab. Eigentlich ist ihm zum Heulen zumute. Er fühlt sich unendlich leer und kraftlos.

Plötzlich hört er eine weiche Frauenstimme sagen:

»Und wia gehd de G'schicht' weida?«

Jonas blickt sich um, die Frauenstimme kommt ihm bekannt vor, er sieht aber niemanden.

»Jonas. Wia gehd's weiter? Des is ned da wirkliche Schluss.« Die Stimme kommt aus der Küche, nun sieht er

Marianne, die siebenundsechzigjährige Wirtin, eine wahre Perle in der Vereinsgaststätte. In ihrer weißen Schürze steht sie in der Küche, am Arbeitstisch nahe dem Durchgang zur Theke und schneidet Stangenlauch auf.

»I hob in da Küch´ de ganze Zeit zuahear´n kenna. Hosd gar ned g´merkt, ned wahr?«

»Meine Geschichte ist zu Ende. Bumsszenen und dass der Homez das Tor nicht mehr trifft. Das interessiert die Menschen.«

Marianne unterbricht das Schneiden, schaut Jonas an und meint:

»Mogst an Palatschink´n?«

»Mit viel Schokosoße?«

»I spendier dir an scheena Palatschink´n mid vui Schokosoß´, und du vazähsld mia dafür den Rest von dera G´schicht´.«

Fünf Minuten später steht vor Jonas ein Traum von einer Nachspeise. Ein lockerer Teig, goldbraun in der Pfanne gebraten, im Inneren eine langsam schmelzende Kugel Vanilleeis und dazu eine dunkle Schokoladensoße. Mit dem kleinen Löffel nimmt Jonas etwas Eis und Soße auf, führt es langsam an seine Zunge, und dann schmeckt er die angenehme Süße der Schokolade und die feine Kälte des Eises. Mit seinem ganzen Geschmackssinn nimmt er das Kakaoaroma wahr. Marianne steht hinter dem Tresen und verfolgt mit Freude, mit welchem Genuss Jonas den frisch zubereiteten Palatschinken Stück für Stück mit dem kleinen Löffel isst.

Und dann sagt er zu Marianne:

»Hmmm. Ein Gedicht. Übrigens, du hast vollkommen Recht. Die Geschichte ist noch nicht zu Ende.«

Jonas lässt den Löffel sinken, schaut noch mal ein paar Sekunden beim Fenster hinaus und schließt dann wieder seine Augen. Es zieht ihn wieder mitten in die Hochzeitsgesellschaft beim Huber-Wirt am 11. März 1911, er spürt irgendwie einen körperlichen Ruck und dann braucht er nur wiederzugeben, was er vor seinem geistigen Auge sieht. Bedächtig und ruhig erzählt Jonas seiner einzigen Zuhörerin, der Wirtin Marianne, den zweiten Teil der Geschichte.

Der zweite Teil und das Ende der Heimatgeschichte

Nach der gelungenen Rede des Vaters, welche mit viel Beifall durch die Gäste gewürdigt wurde, trat der emsige Wirt an die Frischvermählten heran und fragte, ob nun der letzte Gang, die besondere Nachspeise, serviert werden solle.

»Wos füra b´sondere Nachspeis´ soll des sei?«, wollte Martin wissen. Eva nahm seine Hand und sagte: »Des hob i mia g´wünscht, es is a Palatschink´n.«
»Aha. Eva, du woaßd, i mach mia nix aus Süßigkeit´n. Macha´n bloß dick. I trink liaba an Schnaps zum Abschluss. I hoff´, dir machd des nix aus.«
»I vasteh´ scho, du ziagst des Hochprozentige dem Süß´n vor. Heit´ is des in Ordnung.« Eva lächelte ihren Gatten an, als dieser sich erhob, und die Jacke seiner blauen Ausgehuniform vom Stuhl nahm und anzog.

»Mei liabe Eva, i geh´ für an Moment moi an de frische Luft naus. Des weard mia guad doa. I bin glei wieda z´ruck.«

Sie sah ihm noch einen Moment nach und verfolgte dann wieder das fröhliche Geschehen auf der Tanzfläche. Den ganzen Abend schon feierten die Hochzeitsgäste ausgelassen, lachten und hatten ihre Freude an der Vermählung von Martin und Eva. Man spürte bereits am Nachmittag, als die kirchliche Trauung stattfand, dass alle sehr erleichtert und froh waren, da Eva den Tod von Daniel überwunden hatte und wieder mit Zuversicht in die Zukunft blickte.

Martin trat aus dem Wirtshaus heraus und stand auf dem Vorplatz. Er griff in seine rechte Uniformtasche, zog einen Flachmann heraus, drehte den Verschluss runter und goss sich in die silberfarbene Kappe einen Schnaps ein. Er setzte ihn an seine Lippen, roch den samtenen Duft von Birnen und kippte den Schnaps hinunter. Als er nach vorne sah, erkannte er im Vollmondlicht den Turm der Kirche, in der er vor ungefähr sieben Stunden mit seiner geliebten Eva getraut worden war. Er fühlte sich wie im Himmel. Und zu sich selber sagte er leise: »Wia hod da Vatta imma g´sagt: A Gruber gibt niamois auf, egal wia schwierig es aa sei mog.« Der Satz seines Vaters, den er zu hören bekam, als er eingeschult wurde und als er seine Militärausbildung in Landsberg antrat. Der Spruch des Vaters klang immer noch nach.

Martins Gedanken kreisten um Eva und ihm war klar, welch enormes Glück er hatte. Der hohe Turm der Kirche mit seiner steil aufragenden Spitze fesselte seinen Blick. Er überlegte kurz und schaute sich um, ob irgendjemand auch die Hochzeitsgesellschaft verlassen hatte. Er war allein. Zügig ging er über den Platz, überquerte die Straße und öffnete die schmiedeeiserne Tür des Friedhofes. Zuerst schauderte ihm bei dem Gedanken, was er nun tun wolle, er ging aber zielstrebig an den anderen Gräbern vorbei zur Gruft, in der Daniel nun seit fast zwei Jahren lag. Er stand breitbeinig vor der schweren, mit Eisplatten verstärkten, einflügeligen Eichentür.

»Servus Daniel«, flüsterte er und kramte in seiner Uniformtasche nach dem Flachmann. Wieder goss er sich einen Klaren in den Verschluss ein und hob ihn mit der rechten Hand hoch, als ob er zuprosten wolle und sagte: »Daniel, geh weida, trink´ ma auf de Braut. Unsere geliebte Eva.«

Plötzlich knackte es in der Tür, mit einem leisen Quietschen gab sie nach. Martin fiel der Schnaps aus der Hand, ihm wurden die Beine weich und nur mühsam konnte er sich aufrecht halten. Er blickte in die Gruft und kreidebleich sah er den Umriss eines Mannes, der vor ihm stand. Der Mann ging langsam zur Tür und dann erkannte Martin die Person und stammelte:

»Um Godswuin. Des gibt´s doch ned. Du. Daniel.«
»Gratulation zu eurer Vermählung, Martin.«
»Des, des is doch unmöglich. Du bist doch …«
»Tot. Jawohl. Mausetot bin ich. Seit über zwei Jahren lieg´ ich schon hier drinnen. Ganz schön fad hier.«
»Aba, aba …«
»Was aber? Ich bin jetzt ein Geist. Du hast mich gerufen und wolltest mit mir auf die Braut anstoßen. Hier bin ich.«
»Aba …«
»Was denn? Hast du Angst vor Geistern? Meine Güte, wenn das der Mut eines deutschen Leibgardisten ist, na dann gute Nacht. Dann werden die Franzosen leichtes Spiel haben, falls es zum Krieg kommen sollte. Martin, was ist? Trinken wir nun auf Eva?«

Martin musterte Daniels Geist, er trug einen schwarzen Anzug und ein weißes Oberhemd. Sein Gesicht war fahl und blutleer. So wie er bei seiner Beerdigung vor zwei Jahren im Leichenhaus aufgebahrt lag. Martin hatte sich wieder im Griff:
»Is des ois wahr oda buid i mir des jetzad nur ei?«
»Glaub, was du willst. Trinken wir nun auf Eva? Oder scheißt du dir jetzt in die Hose?«
Martin bückte sich, hob die Verschlusskappe auf und sagte mit gefassterer Stimme: »Ja. Kimm, stess´ ma o.«
»Na bitte. Der tapfere Soldat hat wieder Mumm in den Knochen.«

»Spar dir dein´ Spott. I woaß ja imma no ned, ob des ois wahr is. I red´ mid dem Geist vom Daniel, mei´m ehemalig´n Freind …«

»Sagen wir ´Rivalen´. Das trifft es besser.«

Martin zeigte keine Reaktion auf das, was Daniels Geist eben sagte, griff zu seinem Flachmann und fragte mit der Verschlusskappe in seiner Hand: »Dearf i dir ei´giaß´n? Oda trinkst du liaba aus da Flasch´n?«

Der Geist holte mit der rechten Hand aus der linken Innentasche seines schwarzen Sakkos eine kleine, grüne Glasflasche hervor und sagte:

»Ein hervorragender Tropfen.« Dann nahm er den Korken ab und fragte: »Na Martin, darf ich dir eingießen?«

Der Leutnant sah perplex zu, wie der Geist ihm eine klare Flüssigkeit in die Kappe eingoss. Als das Gefäß voll war, stieß Daniels Geist mit der Flasche an, sagte noch:

»Auf unsere geliebte Eva. Deine Braut.«, und nahm einen kräftigen, großen Schluck aus seiner Flasche. Martin starrte erst auf den trinkenden Geist und dann auf die volle Kappe in seiner Hand.

»Des is Gift, ned wahr, Daniel?«

»Meine Güte, sei nicht so misstrauisch, Martin. Das ist ein hochprozentiges Allheilmittel. Mit einem speziellen Blumengeschmack. Und gegen Würmer hilft es auch. Schau mich an. Zwei Jahre in der Gruft und noch kein einziger Wurm.«

»Du hosd ja an Humor.«

»Das nennt man schwarzen Humor. Und wenn ein Toter wie ich so was sagt, könnte man fast darüber lachen.«

Daniels Geist erkannte, wie Martin zögerte und sich nicht zu trinken traute.

»Pass auf Martin. Ich schwöre dir bei meiner unsterblichen Seele, dass dies kein Gift ist. Keine Sorge, an diesem Schnaps stirbt niemand.«

»Bei deiner Seele, Daniel?«

»Sehr richtig. Bei meiner Seele. Meine Seele ist doch das einzige, was ich noch habe.«

»Auf unsere Eva!«, sagte Martin und trank in einem Zug die Kappe leer.

»Sappralot, Daniel, der Schnaps is teuflisch guad.«

»Lass den Teufel aus dem Spiel. Sonst kommt er vorbei und will mitsaufen.«

Martin starrte erschrocken Daniels Geist an, aber der lächelte nur und meinte:

»Jetzt schau nicht so. Das war ein Scherz. Meine Güte, ihr Sterblichen seid aber vielleicht humorlos.« Dann schenkte er Martin noch mal ein:

»Komm rein, schau dir ruhig meine Gruft an. Mein Zuhause sozusagen.«

Zögerlich trat der junge Gruber in Daniels letzte Ruhestätte ein. Die Wände waren schlicht weiß gestrichen und an der Stirnseite war mittig ein handgroßes Metallkreuz aufgehängt. Im Vollmondlicht erkannte er den dunklen, unverzierten Holzsarg auf dem kniehohen, steinernen Sockel und sah, dass der Deckel lose schräg auflag.

Martin prostete dem Geist zu, der erwiderte die Geste und dann tranken beide wieder.
»Des is a hervorragenda Schnaps. So muid.«, sagte Martin.
»Das macht das besondere Blumenaroma. Es ist die Blüte des Vergiss-mein-nicht.«
»Vergiss-mein-nicht? Daraus kon ma an Schnaps brenna? Wer machd denn so wos in unserer Gmoa?«
»Niemand. Ich habe die Flasche von jemandem aus dem Totenreich gescheckt bekommen. Von dem Giftmischer, dem du am Inn die Kehle durchgeschnitten hast.«

Martin stand regungslos neben dem Sarg, sein Herz schlug ihm bis zum Halse. Er hatte plötzlich panische Angst, konnte sich aber nicht bewegen, sah auf die leere Verschlusskappe in seiner Hand und stammelte:
»Des, des is doch a Gift. Du wuist mi umbringa, so ...«
»Richtig, Martin, so wie du mich im Biergarten vergiftet hast. Dein Mordgehilfe ist ein redseliger Geist. Er hat mir alles erzählt. Ach ja, ich soll dir einen schönen Gruß ausrichten. Einen Vergiss-mein-nicht-Gruß sozusagen.«

Martin fühlte, wie die Kraft in den Beinen nachließ, seine Knie knickten ein, er ging zu Boden und saß an den Sockel gelehnt. Nun wurden auch seine Hände immer kälter und er erkannte, wie Daniels Geist zur Grufttür ging und nach draußen sah.

»Martin, hörst du auch die schöne Musik vom Wirtshaus? Die Hochzeitsgäste werden sich bestimmt schon wundern, wo nur der Bräutigam solange bleibt. Eva hat sich eine gute Musikkapelle ausgesucht. War bestimmt teuer, nicht wahr?«

»Du Mörder! Du host mia Gift eig´schenkt!«, schrie Martin verzweifelt.

»Aber Herr Leutnant: Wo ist nur euer außergewöhnliches Gedächtnis geblieben? Ich habe doch bei meiner Seele geschworen, dass dies kein tödlicher Trank ist. Genau genommen, ist es ein sehr wirksames Schlafmittel. Aber nicht tödlich.«

Der Geist zog die schwere Grufttür zu und schob mit einem Quietschen den Metallbolzen am Schloss vor. Die Gruft war von innen verschlossen.

Martin schrie wie wild: »Hilfe! Hilfe! I bin eig´sparrd. Heard mi jemand. I bin do herin!« Seine Augen wurden immer schwächer, dann versagte ihm die Stimme endgültig, in seinen Händen kribbelte es, es war als ob Hunderte von Marienkäfern darauf herumkrabbelten. Er konnte sich nicht mehr am Sockel festhalten und fiel nach hinten. Auf dem Rücken liegend bekam er noch mit, wie Daniels Geist auf den Sockel stieg und sich in den Sarg legte. Als ob jemand hinter einer Mauer zu einem spräche, konnte Martin noch Daniels Geist sagen hören:

»Ich bin bereits tot, aber du, Martin, wirst weiterleben. Allerdings wird der Schlaftrunk ein wenig länger wirken. Es wird ein sehr langer Schlaf für dich werden, bevor du wieder erwachen wirst. Und die bekannte Welt, mit all den Menschen, die du liebst und die dir von Bedeutung sind, wird es dann nicht mehr geben. Das ist meine Strafe für deinen Mord an mir: einhundert Jahre Schlaf in meiner Gruft.«

Die Abendkühle zog schnell auf an diesem Septemberabend 1911 kurz vor sieben Uhr. Es hatte sich deutlich abgekühlt. Eva saß alleine auf der Bank vor der Kapelle in Kleinholzen, aber es fröstelte sie nicht. Sie starrte nur auf den Wendelstein, bewegungslos, seit einer Stunde schon. Sie hätte gerne geweint, aber sie hatte keine Tränen mehr. Es war, als ob sie neben sich säße und den Trümmerhaufen betrachtete, der einst ihr Leben war. In ihren Fingern drehte sie am Stiel die getrocknete Rose, die ihr einst Daniel hier geschenkt hatte.

Wie oft schon hatte sie inständig in der Kapelle zu den vierzehn heiligen Nothelfern gebetet. *Orate pro nobis* stand über dem Altarbild. *Bittet für uns*, und Eva flehte die Heiligen an *Bittet für mich bei Gott*, dass alles wieder werde wie früher. Aber ihr Bitten und Flehen wurde nicht erhört.

Seit Martins Verschwinden am Abend der Hochzeit im März litt sie seelische Höllenqualen. Die ersten zwei Wochen hoffte sie noch jeden Tag, dass er plötzlich mit einem Blumenstrauß vor der Türe stehen würde und sich irgendeine dümmliche Ausrede hätte einfallen lassen. Ausreden hin oder her, aber er wäre zumindest wieder zurück. Und sie nicht mehr die sitzengelassene Ehefrau. Aber Martin kam nicht zurück. Von nirgendwo gab es irgendeinen Hinweis oder eine Nachricht, wo er sein könnte oder dass ihn jemand irgendwo gesehen hätte.

Martin hatte sich bei seiner Einheit seit dem Antritt des Heimaturlaubes zur Hochzeit nicht mehr gemeldet. Nach zwei Wochen erhielt der Vater einen Brief, dass sein Sohn von den Militärgendarmen gesucht werde, er gelte nun als Deserteur. Der Gruber-Vater, der so gerne am Sonntag im Wirtshaus die Nachrichten seines Sohnes aus der großen Welt erzählte, die dieser ihm in regelmäßigen Abständen per Brief mitteilte, mied nun seinen geliebten Stammtisch. Er saß nur noch zu Hause in der Stube und wollte niemanden mehr sehen. Die Schande war für ihn unerträglich. Und in seinem Kopf konnte er die Stimmen seiner ehemaligen Stammtischbrüder hören, wie nun über seinen Sohn gelästert wurde. Martin, der Vaterlandsverräter. Aus Angst vor dem bevorstehenden Krieg gegen den Franzmann sei er halt getürmt. Ein Schlachtfeld, auf dem einem die Kugeln um die Ohren flögen, sei halt doch gefährlicher als auf Empfängen in bequemer Ausgehuniform mit dem Schampusglas in der Hand einfältige Politiker und karrieresüchtige Diplomaten zu beschützen. Der Gruber-Vater hatte seine Freude am Leben verloren. Er wurde körperlich krank, aß nichts mehr. Auszehrung, so sagten die Ärzte, und es würde nur noch einige Wochen dauern. Es war allen in der Verwandtschaft klar, dass der Gruber-Vater seinen Lebenswillen verloren hatte und den nächsten Frühling nicht mehr erleben würde.

Die verletzenden Reden und der Tratsch der Haidkirchner Frauen über Eva wurden von Monat zu Monat bösartiger. Am liebsten tuschelten sie am Markttag auf dem Platz vor dem Rathaus. Schon seltsam, dass ihr erster Auserwählter, der kluge Lateinlehrer, an einem Herzfehler starb. Nicht einmal Daniels Mutter hatte jemals irgendwelche Anzeichen in dessen Kindheit erkannt. Über Generationen hatte es bei den Niedermeiers nie einen Toten durch einen plötzlichen Herzstillstand gegeben. Und dann verschwand nach zwei Jahren Trauer spurlos ihr zweiter Auserwählter am Abend des Hochzeitstages. Er war wie vom Erdboden verschluckt. Schon sehr seltsam. Es gebe Frauenzimmer, die ihren Männern den Tod brächten, so sprachen die bösen Haidkirchner zu ihren heiratsfähigen Söhnen. So begehrt Eva auch wegen ihrer Anmut und Schönheit bei den Junggesellen im Ort gewesen sein mochte, keiner wollte der Dritte sein, der zu Tode käme. Ja, die bösen, neidischen Frauen gingen sogar soweit, dass sie von einem Fluch sprachen, der auf Eva laste.

Neid war schon immer ein fruchtbarer Nährboden für Verleumdung und böse Nachrede. Wann immer Eva durch den Ort ging, wechselten die Menschen die Straßenseite, um ihr bloß nicht zu nahe zu kommen. Mütter mit Kindern an der Hand stoppten bereits in einiger Entfernung, beugten sich zu ihren Kleinen hinunter und flüsterten diesen ins Ohr. Manchmal deuteten sie dabei mit dem Zeigefinger auch auf Eva. Den Kindern erzählten dann die hässlichen alten Weiber, dass man früher Frauen, die die Männer mit ihrer Schönheit und Zauberkunst um den Verstand oder gar den Tod brachten, öffentlich verbrannt hätte. Letztendlich vermied es Eva, durch das Dorf zu gehen oder Besorgungen zu erledigen.

Ab August verließ sie das Haus kaum noch, sondern saß tagsüber bei ihrer demenzkranken Oma in der Küche. Nur wenn sie die Enge der Küche gar nicht mehr aushielt, lief sie zur kleinen Kapelle in Kleinholzen.

Eva saß an diesem Septemberabend ruhig auf der Bank und hatte nur noch das Gefühl, sie fiele. Und der Herrgott möge doch endlich geben, dass sie aufschlage. Sie legte die trockene Rose neben sich und breitete vor sich den weißen Schal aus, den sie an diesem Abend mitgenommen hatte. Wie hatten sie den Schal an diesem Tag, als Daniel ihr das Geschenk überreichte, genannt? Richtig. Den lateinischen Schal. Wegen des lateinischen Spruches darauf. Sie suchte den Spruch und las diesen erst lautlos und dann nochmal mit schwacher Stimme:

»Ubi caritas et amor, Deus ibi est.«

Obwohl sie kein Latein konnte, fiel ihr sofort wieder die Übersetzung ein: Wo Güte und Liebe sind, da ist Gott.

Sie hob den Kopf in die Höhe, schaute in den blauen wolkenlosen Himmel nach oben und dachte dabei:

Gott herrscht im Himmel.

Und im Himmel ist die Liebe.

Im Himmel ist meine Liebe, Daniel.

Wenn ich zu Gott gehe, dann werde ich wieder bei Daniel sein.

Ihr Entschluss stand plötzlich felsenfest und sie wusste, was sie nun tun werde. Sie sah sich die verwelkte Rose neben sich auf der Bank an. Mit zittrigen Fingern knüpfte sie eine Schlaufe im Schal, gerade so groß, dass der Kopf hindurchging, legte die Schlinge um den Hals und zog diese fest.

Eva stand auf, stellte sich auf die Bank, achtete darauf, dass sie nicht die Rose beschädigte, stieg schließlich auf die Lehne, warf den Schal zweimal über den großen Ast, band einen Knoten und zurrte den lateinischen Schal fest, so dass er straff war. Noch ein kurzer Moment, und all ihre Sorgen wären vorbei, sie wäre mit ihren Ängsten nicht mehr allein.

Sie sah Richtung Süden, zu den Bergen. Noch nie war ihr der Wendelstein so wunderschön vorgekommen. So erhaben, ein Berg, den sie all die Jahre in ihrer Kindheit ansah. Ein Berg, der immer da war. Als sie ein freches Schulkind war, als sie vom Kind zum Mädchen heranwuchs und schließlich, als sie zur Frau reifte. Der Wendelstein war Zeuge, als sie an dieser Stelle die Zauberkraft grenzenloser Verliebtheit erfuhr. Die glücklichsten Stunden in ihrem Leben verbrachte sie hier vor der Kapelle mit Ausblick auf die Bergwelt. Ihre Aufmerksamkeit galt einzig und allein der wunderbaren Landschaft. Es war, als schaue sie direkt ins Paradies. Aber natürlich, dachte sie, im Paradies werde die Landschaft so aussehen, wie bei uns in Haidkirchen hier. Das sei schon ein Stück vom Paradies, das wurde ihr in diesem Moment klar bewusst. Aber im echten Paradies würde es keine Missgunst, kein Leid und keine Ängste mehr geben.

Das Letzte, was Evas Augen sahen, war der majestätische, unverrückbare Wendelstein, das letzte Geräusch, das Eva von dieser Welt wahrnahm, klang wie das Knirschen von auf Kies rollenden, näher kommenden Fahrradreifen. Sie schloss die Augen und ihr Mund formte sich zu einem erleichterten Lächeln. Sie sprang von der Lehne, sie sprang vom Leben in den Tod. Mit einem heftigen Ruck straffte sich der lateinische Schal und brach mit einem lauten, kurz schmerzhaften Knacken ihr Genick. Eva war sofort tot.

ॐ

Zu Evas Beerdigung zwei Tage später kamen lediglich die nächsten Verwandten, und in der Haidkirchner Pfarrkirche waren nur die ersten drei Reihen mit schwarz gewandeten Personen besetzt. Die Haidkirchner Bevölkerung hatte ihre eigenen Moralvorstellungen und mied weiterhin den Kontakt zu den Oberhubers. Niemand fragte sich, warum die junge Frau den Freitod als einzigen Ausweg sah, sondern deutete das Ereignis eher als Bestätigung, dass auf Eva ein Fluch des Verderbens und des Todes lastete. Es war eine schlichte Beerdigung. Ein Kranz von den Nachbarn am Grab, zwei brennende Kerzen auf dem Altar während des Seelengottesdienstes und nur ein einziger Ministrant, der am Ende der Messe dem Trauerzug mit Kreuz zum Grab von Eva voraus ging, gefolgt vom schwarz gekleideten

Hochwürden. Evas Mutter schluchzte laut in ihr Taschentuch, als der Sarg von den vier uniformierten Friedhofshelfern an Seilen in das offene Familiengrab herab gelassen wurde und dort dumpf auf die braune Erde am Boden aufsetzte.

Erde zu Erde, Asche zu Asche.

Das Familiengrab der Oberhubers war keine hundert Meter von Daniels Gruft in der Südecke des Friedhofs entfernt. Auf ausdrücklichen Wunsch von Daniels Mutter wurde ihr Sohn damals in einer kleinen eigenen Gruft bestattet. In dieser Welt trennten Eva und Daniel nur wenige Schritte. Drüben hatten sich die beiden bestimmt schon umarmt.

※

Am 28. Juni 1914 starben im fernen Sarajewo durch die Hand eines serbischen Attentäters der Thronfolger der Donau-Monarchie Erzherzog Franz Ferdinand und seine Frau Sophie. Dies war der Funken, der das Pulverfass, auf dem die hochgerüsteten europäischen Nationalstaaten saßen, zur Explosion brachte. Dieses Attentat stellte endlich den Anlass dar, auf den die Kriegstreiber in den Regierungen gewartet hatten. Die komplexen Bündnisverhältnisse beschleunigten den Flächenbrand in Europa. Mit Begeisterung stürzten sich die Nationen anfangs fürs Vaterland in den Krieg. Mit Entsetzen vernahmen dann die Familien, wie ihre Ehemänner und Söhne in morastigen Schützengräben verreckten, zu Krüppeln geschossen und traumatisiert wurden.

Millionenfach weinten die Mütter in Europa über den frühen Tod ihrer Söhne, wie die Niedermayer Mutter beim Tode ihres Daniels. Tausendfach verzweifelten Eltern an der Ungewissheit um den Verbleib ihrer Söhne, wenn sie nichts mehr von der Front hörten. Eine Ungewissheit, wie sie die Gruber Eltern um ihren Sohn Martin erleiden mussten.

Der Familienstamm der Niedermeier starb aus, denn Daniels kinderlose Brüder fielen beide im Sommer 1916 in der blutigsten Schlacht des Krieges, vor Verdun. Sie starben für das Vaterland den Heldentod, hieß es zweimal in den Anzeigen auf der letzten Seite des Innhausener Wochenblattes. Sie starben nach Schusswunden in die Lunge und Beinverlust durch Granatsplitter. Sie starben elendig, erst nach einigen Tagen unter großen Schmerzen im Lazarett hinter der Frontlinie, ohne ausreichende medizinische Versorgung, ohne Trost und Beistand in der letzten Stunde. Beide wurden namenlos in ein Massengrab gelegt. Die Schlacht um Verdun begann im Februar 1916 und endete im Dezember 1916, ohne dass es wesentliche Veränderungen im Verlauf der Frontlinie gab. Mit Daniels Brüdern starben auf beiden Seiten insgesamt über 300.000 Soldaten einen sinnlosen Tod. Im Oktober 1918 zerriss eine Granate bei einem Volltreffer in einen deutschen Schützengraben eine vierköpfige Gruppe von jungen Infanteristen, einer von ihnen war Xaver aus Haidkirchen, eines von Daniels »Glückskindern«. Xaver, der die Erinnerung an den Schultag, als ihm sein Lehrer einmal erklärte, dass er vielleicht das Jahr 2000 erleben könnte, wie einen kleinen Schatz in seinem Herzen trug, feierte im August 1918 seinen 19. Geburtstag. Er wurde nicht einmal zwanzig Jahre alt.

☙

Die Gruft des Daniel Niedermeier geriet mit den Jahren mehr und mehr in Vergessenheit. Sie störte mit ihrem Eckplatz auf dem Friedhof im Süden nicht und gepflegt musste sie auch nicht groß werden. Falls das Grünzeug zu dicht vor der Türe wurde, dann nahm hin und wieder einer der Friedhofswärter die Heckenschere zur Hand und schnitt das Gröbste weg. In der Mitte der fünfziger Jahre wurden sogar einmal die vermorschten Dachschindeln ausgetauscht, weil bei einem anderen Bau der Architekt bei der Berechnung der Dachfläche wieder einmal zu großzügig nach oben aufrundete und deshalb zu viele Schindeln bestellt wurden. Einer der damaligen Friedhofswärter lebte in der Nachbarschaft des jungen

Bauherrn und fragte mit Erfolg nach ein paar Schindeln für die Gruft des unbekannten Toten auf dem Haidkirchner Gottesacker. Die Friedhofsverwaltung beauftragte daraufhin eine ansässige Zimmerei mit dem Neueindecken der Gruft, das Material werde jedoch gestellt. Nur die reine Arbeitszeit dürfe berechnet werden, so die Anweisung der Verwaltung. Der Meister des Zimmereibetriebes konnte den Auftrag natürlich nicht abschlagen, was er gerne wegen des geringen Auftragsvolumens getan hätte. Jedoch mit der Aussicht auf einen größeren Auftrag in den nächsten drei Jahren, ein Leichenschauhaus mit Sichtdachstuhl und Außenschalung, nahm er an. Um seine Kosten möglichst gering zu halten, sandte er nur einen Arbeiter zum Friedhof, seinen Lehrling, den sechzehnjährigen Josef. Einen ganzen Tag war Josef mit dem Abdecken und dem Annageln der neuen Schindel an die Dachlatten beschäftigt. Josef genoss es sichtlich, dass er an diesem Tag alleine an dem Dach der Gruft arbeiten durfte. Eine ungewöhnliche Sache aber sollte ihm nie mehr in seinem Leben aus dem Gedächtnis gehen.

Als er auf der Dachschalung kniete, kein Zug laut auf der nahen Eisenbahnstrecke München-Salzburg durchdonnerte, keine Kuhglocken und keine Kirchenglocken erklangen, als es absolut ruhig auf dem Haidkirchner Friedhof war, und Josef sich nicht bewegte, er einfach nur horchte, da kam es ihm so vor, als ob er unter sich in der Gruft das Geräusch eines ruhigen Ein- und Ausatmens höre. Als ob irgendein Tier einen tiefen Schlaf hielte. Die anderen Gesellen, denen er am nächsten Tag bei der Brotzeit von den Atemgeräuschen erzählte, lachten nur darüber, dass er einen nachtaktiven Siebenschläfer mit seiner Hämmerei beinahe aufgeweckt hätte.

Zum Glück schliefen die Toten auf dem Haidkirchner Friedhof besonders fest, so die Witze der Älteren, aber um ein Haar hätte sie Josef wach geklopft. Jedes noch so fest schlafende Lebewesen wäre durch die ersten laut hallenden Schläge mit dem Hammer aufgewacht, darin war sich Josef sicher, aber er erzählte die kuriose Sache kein weiteres Mal. Er mied es jedoch stets, bei Beerdigungen oder zu Allerheiligen auf dem Haidkirchner Friedhof in der Nähe der Gruft zu verweilen, denn er war überzeugt, dass irgendetwas in dieser Ruhestätte nicht mit rechten Dingen zuging.

In der Tat, in der Gruft schlief jemand und wenn Daniels Ankündigung wahr werden sollte, würde sich am 11. März 2011 um halb zehn Uhr abends die Türe öffnen. Martin würde in seiner blauen Uniform aus der Gruft treten, in eine Welt, die sich einhundert Jahre weiterentwickelt hätte.

Was für eine Welt würde sich ihm zeigen? Welche enormen technischen Erfindungen würde er sehen? Welche großartigen Entwicklungen in sozialen und gesellschaftlichen Bereichen würde er erleben? Welche Krisen, Kriege und Katastrophen würden seit 1911 die Menschen erlitten haben?

Gewiss, vieles würde sich in den hundert Jahren seines Schlafes verändern, aber die Menschen blieben doch immer wie sie seit Jahrtausenden gewesen sind: liebevoll und gehässig, tapfer und feige, zärtlich und gewalttätig, hoffnungsvoll und verzweifelt, mutig und ängstlich, fleißig und faul, aufopfernd und egoistisch, ehrlich und verlogen, und so weiter und so fort.

In drei Worten sind alle Charaktere und Widersprüche vereint: Es sind Menschen.

Ende der Heimatgeschichte

Änderung der Blickrichtung

Prfffffffffffffffffffffffttt!

Jonas öffnet die Augen. Er sieht Marianne, wie sie in ein großes grau kariertes Taschentuch schnäuzt.

Schrffffffffffftttkj!

»Ganz schee traurig dei G´schicht. Aba ned schlecht«, sagt Marianne, putzt sich die Nase und steckt das Tuch wieder in ihre weiße Schürze ein.

»Findest du?«

»Jonas, du host des sehr lebendig vazähld, des muass i scho sog´n. An deina Stell´ dad i die G´schicht aufschreib´m. Wer woaß, vielleicht gfoid sie andere Leit aa.«

»Nein, Emil hat schon Recht. Die Leute heute wollen was mit Fußball, Sex und Gewalt lesen. Das zieht. Je ordinärer, desto besser.«

Nachdenklich nimmt er dabei das Weinglas in die Hand, schwenkt den letzten Schluck rubinfarbenen Merlot und sagt dabei: »Irgendwie finde ich, dass meine Geschichte noch nicht gut genug ist. Noch nicht perfekt.«

Marianne kommt aus der Küche zurück: »Ja genau, oans woid i di no frog´n.«

»Nur zu.«

»Am Anfang von der G´schicht redts´d von vier Tote.«

»Richtig. Daniel, der Giftmischer, Martin und am Schluss Eva.«

»Aba der Martin is doch gar ned gstorb´n. Der schlaft doch no in da Gruft.«

Jonas grinst: »Hut ab, Marianne. Du bist eine sehr aufmerksame Zuhörerin.«

In diesem Moment kommen Emil und Hans von ihrem Platz in der Mitte der Gaststätte an den Tresen.

»Marianne, deine Steaks war´n wia imma supa. Aba jetzad brauchan i und da Hans an Schnaps. Zwengs da Verdauung.«

»Jawoi«

Die Wirtin dreht sich um, nimmt eine braune, italienische Fuselflasche mit rotem Etikett aus dem Regal und erklärt den beiden Fußballfans beim Eingießen: »Ihr hädds den zwoat´n Teil aa o´hearn solln. Erst do weard klar, wia da Varuckte auf´m Friedhof und de off´ne Grufttür z´samma g´hörn.«

»Wieso zwoater Teil? I hob g´moant, de G´schicht is aus.«

»Jawoi«

Marianne wischt mit dem Trockentuch über die Spüle:

»Naa, naa. Der Daniel hod dem Martin a Schlafmittel o´draht, jetzad schlaft er in da Gruft und weard erst in hundert Jahr wieda wach.«

Emil schüttelt den Kopf: »So a Schmarrn.«

Für ein paar Sekunden sagt keiner etwas, nur der Lärm aus einem Fußballstadion ist zu hören. Dann unterbricht Jonas die Gesprächsstille:

»Schmarrn oder nicht Schmarrn. Das muss man sich mal vorstellen. Von 1911 in die heutige Zeit katapultiert zu werden. Was alles in den hundert Jahren Großartiges passiert ist.«

Emil grunzt: »Des stimmt. 1990 samma Fußballweltmeister worn.«

»Jawoi«

»… und 74 aa.«

»Jawoi«

Jonas schmunzelt: »Ich mein so richtig historische Ereignisse, die noch heute unglaublich erscheinen: Der Fall der Mauer am 9. November 1989 zum Beispiel. Der erste Mensch auf dem Mond, 21. Juli 1969.«

»Oda des Wunda von Bern. Fußballweltmeister 4. Juli 1954.«

»Jawoi«

»Überlegt doch mal, wie sich die Technik weiterentwickelt hat. Was für Bahn brechende Erfindungen es gab: der erste Laser im Mai 1960, der erste Computer im Mai 1941.«

Marianne mischt sich ein: »Aba es gab aa schreckliche Unglücke. Da Untergang von da Titanic, April 1915. Oda da Tod von da Lady Di 1997.«

»Da gibt´s Schlimmeres« wirft Jonas ein.

Emil fällt gleich ein: »Richtig. Wia ma bei da WM 2006 dahoam im Halbfinale gega de Italiena kurz vor Schluss verlor´n ham. Des war a echte Katastrophe.«

»Ich mein´ Katastrophen, bei denen viele Menschen umgekommen sind. Der Tsunami Dezember 2006, die erste Atombombe im August 1945. All die Kriege. In Frankreich, Russland, Afrika, Pazifik, Korea, Vietnam, Irak, Balkan, Afghanistan. Seit 1911 wurde fast immer an irgendeiner Stelle auf der Erde Krieg geführt.«

Emil stimmt zu: »Ja mei, de Mensch´n vatrogn si hoid untereinanda ned so guad.«

»Homo homini lupus est*«, flüstert Jonas, aber keiner nimmt dies wahr.

* Der Mensch ist des Menschen Wolf.

Im Hintergrund hört man den Fernsehkommentator. Wenn jetzt, in der 80. Minute, abgepfiffen werden würde, wären die Sechziger eine Runde weiter im Viertelfinale. Emil und Hans haben ihre Köpfe wieder Richtung Leinwand gedreht, als Marianne zu Jonas sagt: »Du hosd de G´schicht so vazähld, dass ma glaub´n kannt, es is wirkli passiert. Fast kannt ma moana, ois weard durch Gedank´n wahr.«

Ruhig am Tresen verharrend, ein wenig in sich gekehrt und dann plötzlich erwachend sagt Marianne: »Ma kanntad moana, wenn ma bloß fest dro dengt, entsteht´s.«

Von diesem tiefsinnigen Lob sichtlich geschmeichelt hebt Jonas den Kopf und möchte Marianne danken, als Hans plötzlich seinen Blick von der Leinwand abwendet, seinen Kopf und Oberkörper nach hinten zum Tresen dreht, dabei eine Arschbacke hebt, um knatternd Luft abzulassen, kurz mit einem Bierrülpser aufstößt, und lallt: »Jawoi. Wia bei uns!«

Nach diesen rauschträchtigen Worten dreht sich Hans um und widmet sich wieder ganz dem Fußballgeschehen auf der Leinwand. Marianne schüttelt über soviel schlechtes Benehmen in der Öffentlichkeit ihren Kopf, nimmt die leeren Gläser vom Tresen, wischt mit dem Geschirrtuch einige Tropfen weg, stellt die italienische Fuselschnapsflasche stumm wieder in das Regal und geht zurück in die Küche, um mit dem Aufräumen zu beginnen. Nur Jonas sitzt wie vom Blitz getroffen erstarrt auf seinem Hocker. Er kann sich nicht bewegen. Es ist, wie wenn man sich gerade blöd mit dem Ellbogen angestoßen hat und der komplette Unterarm schmerzt und bewegungstaub ist. Nur bei Jonas hat sich der ganze Körper verkrampft. Starre, Schmerz und ...
... Geistesblitze.

Was sagte Hans gleich wieder: wie bei uns.
Ein besoffener Fliesenleger, der nur *Jawoi* den ganzen Abend sagt, spricht plötzlich ohne eigenen Erkenntnisgewinn eine bemerkenswerte Interpretation des Daseins aus.
Jonas fühlt wieder Blut in seinem Körper, langsam kann er wieder seine Gliedmaßen fühlen, aber der Kopf ist voll.
Kinder und Besoffene sagen die Wahrheit, grübelt Jonas. In seinem Kopf tobt ein Wirbelsturm. Hans sagte, wie bei uns.
Jonas fühlt seine Unterarme wieder, es kribbelt in den Fingerspitzen, als liefen hundert Ameisen darüber. Der Gedanke *wie bei uns* kreist in seinem Gehirn. Sein Denken ist

gefangen. Ja, im Moment ist er ein Gedankengefangener und Hans´ Ausspruch ist die Kette mit Eisenkugel.

Wie bei uns.
Aber was bedeutet dies in letzter Konsequenz denn?

Jonas kriegt von dem lauten Aufschrei in der Sportgaststätte nichts mit. Homez hatte gerade wieder mal aus zwei Meter Entfernung über das leere Tor geköpft. Jonas´ graue Zellen arbeiten und er spricht in Gedanken mit sich:

»Genauso wie die Menschen in meiner Geschichte, Eva, Daniel, Martin und all die anderen, nur Figuren sind, könnte es doch sein, dass wir hier alle Figuren in einer anderen Geschichte sind, die sich jemand ausgedacht hat. Wir säßen also genauso in einer Schachtel und erdenken uns Geschichten über Menschen in einer kleineren inneren Schachtel. Wir sitzen in der Schachtel, weil es jemand gibt, der sich uns ausgedacht hat. Und die Schachtel wäre die uns bekannte Welt. Alles, die Sportgaststätte, das Fußballspiel, alle Gäste, kurz alles in unserer Welt wären dann nur Gedanken in einem höheren Bewusstsein. Aber verdammt noch mal. Dann wären wir ja nur virtuelle Schattenspiele in einer erdachten Welt. Das geht doch nicht. Worüber kann ich mir noch sicher sein? Alles um uns herum wäre ja dann riesiger Betrug? Wie kann ich mir sicher sein, dass ich selbst existiere?«

Jonas hat einen Geistesblitz, er erinnert sich an den Philosophie-Grundkurs in der Kollegstufe und schlägt mit der flachen Hand laut klatschend auf den Tresen und ruft:

»Ha! Guter alter René Descartes!«

Emil dreht sich erschrocken zu Jonas um, schaut ihn verwundert an und fragt: »René Descartes? Kenn´ i ned.«
Dann stuppst er Hans in seine Schwarte und fragt ihn:
»He Hans, ham de Sechzga an neia Franzos´n kafft? Woast du wos?«
Hans zuckt mit den Schultern, hebt eine Arschbacke und lässt deutlich hörbar Gas ab. Also Hans weiß auch nichts von einer französischen Neuverpflichtung namens René Descartes bei den Sechzigern in der nächsten Saison. Emil gibt noch einen Kommentar zu dem neuen Franzosennamen ab: »Hoffentlich is des ned aa so a Dauerverletzta wia da Robberi. Und hoffentlich trifft der amoi beim Elferschiaß´n.«

Jonas hört Emils erstaunliche Äußerungen und will gerade anfangen, den beiden Freunden die Sache mit René Descartes näher zu bringen. Er hätte ihnen erklären können, dass René Descartes im Jahre 1641 eine entscheidende Änderung in der Philosophie brachte, als er bei der Erklärung der Existenz der Welt die Blickrichtung umdrehte. Nicht von Außen nach Innen, sondern von Innen nach Außen. Vor Descartes wurde alles von der Existenz Gottes ausgehend erklärt (dessen Existenz dank Bibel als gesichert galt und mit Andersdenkenden wurde damals nicht zimperlich umgegangen). Descartes zweifelte an Allem und kam zu dem Schluss, wenn er alles in Zweifel ziehe, so bliebe am Ende ein letzter innerer Fixpunkt, sein zweifelndes Selbst. Und wenn er ein zweifelndes Selbst habe, habe er eine unbezweifelbare Sicherheit, dass er existiere.

Dubio ergo sum. Ich zweifle, also bin ich.
Und wer zweifelt, denkt. Wer denkt, existiert.
Cogito ergo sum. Ich denke, also bin ich.

René Descartes setzte das Bewusstsein des Menschen über seine eigene Existenz an den Anfangspunkt aller weiteren philosophischen Überlegungen. Das war nun das unverrückbare Fundament. Er hatte die Blickrichtung umgedreht!

Was Descartes in der Philosophie gelang, schaffte Max Planck im Jahre 1900 in der Physik. Um einen Widerspruch zwischen Theorie und experimenteller Beobachtung beim Strahlungsgesetz zu lösen, führte er diskrete Energieniveaus in Materie ein. Für die Wechselwirkung von Licht mit Materie ergab sich daraus ein kleinstmögliches Energiepaket, ein Quant. Weil Planck seine Blickrichtung von der Vorstellung kontinuierlicher Energiezustände in Materie auf diskrete Zustände änderte, fand er die Lösung zum Strahlungsgesetz. Die Quantentheorie war geboren, und heute findet man in jedem DVD-Player die experimentelle Bestätigung.

So hätte Jonas Emil und Hans alles erklären können. Die Änderung der Blickrichtungen in Philosophie und Physik. Und die Sache mit diesem Franzosen René Descartes. Hat er aber nicht, denn er kennt seine Kumpels.

Jonas ist keiner, der in der Öffentlichkeit unangenehm auffallen will. Also denkt sich Jonas eine simplere Erklärung für seine Freunde aus.

»Das habe ich gerade im Kicker-Online Portal gelesen«, dabei hebt er sein Smartphone hoch, ohne jedoch Emil und Hans das Display zu zeigen.

»René Descartes kommt nächste Saison zu den Sechzigern. Das hat der Präsident heute morgen in der Pressekonferenz durchsickern lassen. Descartes wechselt ablösefrei von St. Germain und ist ein aggressiver Defensivmann. Er soll in der Abwehr der Sechziger in der Fünferkette der zentrale Eckpfeiler nächstes Jahr sein.«

Emil und Hans sind baff. Unglaublich, was der Jonas alles weiß.

»Donnawedda, du kennst di ja doch a bisserl aus«, meint Emil. Jonas bemüht sich, nicht zu lachen und denkt, dass das deutsche Fußballpublikum alles glaubt, wenn es in irgendwelchen Kicker-Zeitschriften steht, irgendein ehemaliger Nationalspieler in Büchern oder Interviews seinen Senf abgibt oder man behauptet, das käme vom Kaiser.

In diesem Moment geht die Eingangstür neben der Leinwand auf, ein Fußballfan kommt von der Toilette zurück, und weil die hintere Tür, durch die die Raucher immer auf die Terrasse verschwinden können, versehentlich noch offen ist, entsteht ein kühler Luftzug, der beim Durchgang durch die Mitte des Gastraums alle erfasst. Etliche maulen laut »He, Tür zu« oder »Es ziagt!«

Auch Jonas spürt die Kühle in seinem Gesicht und vollendet den abgebrochenen Gedankengang über die Existenz der Welt und dass wir vielleicht unbedeutende

Schattenfiguren in einer Schachtel sein könnten: »...dann wäre unsere ganze Welt nicht mehr wert als dieser Luftzug.«

Er fasst sich an den Kopf: »Unser Leben wäre folglich so bedeutend wie ein Windstoß. Kommt und geht. Wie ein Windhauch.«

Windhauch, Windhauch, irgendwo hatte er das schon mal gehört. Verwirrt steht Jonas auf, geht zum Garderobenständer und nimmt seine schwarze Jacke vom Haken ab. Beim Anziehen lässt er seinen Blick über das Geschehen schweifen. Gebannt verfolgen die Gäste, manche stehend, einige sitzend, das Fußballspiel auf der großen Leinwand. Mit dem Bier in der Hand werden die Aktionen der Sechziger kommentiert. Alle leiden irgendwie mit der Abschlussschwäche und den vergebenen Chancen der blauen Sechziger Stürmer mit. Besonders Homez vergibt Chance um Chance, aber seine Frisur sitzt perfekt.

»Paula, bitte komm mal.«
»Mogst zahl´n, Jonas?« fragt die Bedienung, als sie vor ihm steht.
Jonas nickt und gibt ihr einen Zwanzig Euro-Schein.
Bei der Rückgabe des Wechselgeldes sagt sie: »D´Marianne hod gmoand, da Palatschink´n gehd aufs Haus. Für den zwoat´n Teil von dera G´schicht. I hob gmoand, des war scho des End´.«
»Paula, kannst du dir vorstellen, dass alles um uns herum gar nicht real ist? Zwick mich bitte mal.«
Jonas hält ihr den rechten Handrücken hin und sie sagt: »Do konn i dir helfa.«

Sie holt mit ihrer rechten Hand aus und schlägt ihm mit einem lauten Klatschen auf seine linke Backe. Erschrocken starrt Jonas sie an. Die linke Backe brennt. Alle in der Gaststätte unterbrechen ihre Gespräche und schauen Richtung Garderobe, wo sich Jonas und Paula gegenüberstehen.

Er reibt sich seine linke Gesichtshälfte und sie sagt für alle hörbar: »So. Is des realistisch gnuag? Oda möcht´ da Hobbyphilosoph no a zwoate Kostprob´ Wirklichkeit. Vielleicht auf den anderen Backa. Symmetrieerhaltung is ja aa a sehr wichtig´s Grundprinzip in da Physik. Mit dem Schmarrn bisd du mia vor drei Wocha a g´schlong´ne Stund´ auf de Nerv´n ganga. Jonas, du Langweila, du Träumer wach auf!«

Einige Gäste in der Sportgaststätte lächeln, widmen sich aber gleich wieder dem Fußballspiel. Paula nimmt bekanntlich kein Blatt vor den Mund. Und wenn einer aufdringlich wird oder ihr mit ermüdenden Monologen auf den Geist geht, gibt´s eine entsprechende, eindeutige Antwort.

»Ja. Du hast Recht. Danke. Danke für den Beweis.« sagt er, reibt sich dabei die schmerzende Backe und fügt hinzu: »Wir sind real. Das war der experimentelle Beweis.«

Mit einer roten Gesichtshälfte verabschiedet sich Jonas von seinen Freunden, die völlig gebannt die letzten zehn Minuten des Spiels verfolgen, und verlässt dann die Gaststätte.

Der Traum und die Konsequenz daraus

Nach einer fünfminütigen Fahrt auf der linken Straßenseite mit seinem Fahrrad, dessen Licht immer noch nicht repariert ist, kommt Jonas zu Hause an, schließt leise die Haustüre auf und horcht in das Haus. Kein Laut ist zu hören, alle schlafen schon. Nachdem er seine Jacke aufgehängt und seine Schuhe ausgezogen hat, geht er Richtung Küche, denn er möchte noch kurz seine Mails am Notebook lesen, vielleicht noch einige beantworten. Auf dem Weg Richtung Küche geht er an dem großen Spiegel vorbei, wirft einen Blick auf sein Spiegelbild und bleibt erstarrt stehen.

Ein irrer Gedanke. Es ist wie ein Stromschlag - 10 kV in 0,1 Sekunden - zehntausend Volt in einer Zehntelsekunde. Aufrecht und frontal vor dem Spiegel stehend hebt Jonas seine rechte Hand und greift sich an die rote linke Backe. Sein Gegenüber tut das Gleiche, nur spiegelverkehrt. Behutsam bewegt er seine rechte Hand Richtung Spiegel. Sein Gegenüber tut das Gleiche. Er legt seine Hand auf das Spiegelglas. Sein Gegenüber tut das Gleiche. Jonas fühlt die angenehme Kühle des Spiegelglases.
Sein Gegenüber ...?

Jonas starrt mit seinen blauen Augen seinem Spiegelbild in dessen blaue Augen und sagt leise:

»Spiegelbild, fühlst du auch das kühle Glas?«

Keine Reaktion.

Jonas und sein Spiegelbild stehen sich gegenüber, die Handflächen berühren sich anscheinend, aber dennoch gibt es keinen Kontakt zum Jonas in der Spiegelwelt.

Spiegelwelt?

Gibt es hinter dem Glas auch eine Welt?

Eine Welt, die wir nie kennenlernen werden?

Zwei parallele Universen. Jedes existiert für sich und doch sind diese über Symmetriegesetze miteinander verbunden. Zwei Welten, eine ist real, die andere gespiegelt.

Die reale Welt gibt die Handlungen, Gedanken und Gefühle vor, die Welt hinter dem Glas folgt, jedoch in gespiegelter Form. Eine unfreie, gespiegelte Parallelwelt.

Jonas dreht sich verwirrt vom Spiegel weg, geht in die Küche und setzt sich mit Kopfschütteln auf seinen Hocker an der hölzernen Frühstückstheke, auf dem sein Notebook steht.

»So ein Blödsinn« murmelt er, klappt das Display auf und schaltet den PC an. Gespiegelte Welt? In dieser gespiegelten Welt würden die Briten dann links statt rechtsfahren und auf der Tartanbahn des Sportvereins würden alle gegen den Uhrzeigersinn laufen. Und bei der Führerscheinprüfung wäre dann Linkseinparken das Schwierigste, was ein Kandidat zu befürchten hätte. So ein Schmarrn.

Während der Rechner hochfährt, wird Jonas aus seinen Gedanken über Spiegelwelten gerissen. Sein Smartphone in der Hosentasche vibriert zweimal. Eine Mail oder SMS. Um diese Zeit sind die amerikanischen Kollegen noch in der Arbeit und haben manchmal dringende technische Rückfragen bei aktuellen Projekten in Spartanburg oder Chattanooga. Also lieber mal nachschauen. Er holt das Handy aus der Tasche und schaut auf das Display. Wieder eine Werbemail ohne Namensangabe, die durch die Firewall der Firma schlüpfte. Anonym also. Jonas liest verwundert die ersten Zeilen des Textes:

»*Wenn du wüsstest, dass du in zwei Jahren stirbst, was würdest du zutiefst bereuen, in deinem Leben nicht getan oder zumindest versucht zu haben?*«

Wer schreibt so ein Zeug, denkt sich Jonas und löscht sofort die Nachricht. Da will wieder einer Werbung machen für so ein überflüssiges Ratgeberbuch, wie sie zu Hauf in den Buchläden an Flughäfen angeboten werden. Genervte Manager, die nach dem Einchecken auf ihren Abflug warten und mit dem Handy in der Hand durch die Shops streunen, kaufen dann solche Literatur. Aus Langeweile oder weil sie sich vom Titel angesprochen fühlen. Jonas hat festgestellt, dass in den Flughafenbuchläden immer zwei Ständer stehen. In dem einen findet der junge aufstrebende Manager Ratgeber, die ihm versprechen, wie er möglichst viel Turnover und ROI (Return On Invest) generiert, Cash Cows effizient melkt und seine Mitarbeiter zu Spitzenleistungen treibt. Kurz, powere 25 Stunden am Tag und wenn es nicht reicht, nimm die Nacht noch hinzu.

Einige Jahre später greift der gleiche Manager zum Buchständer daneben. Nachdem die Ehefrau, seine große Liebe, ihn verlassen hat, die Rückenschmerzen nur noch mit Diclac-Tabletten betäubt werden können, der Dauerstress den ersten Burnout anklopfen lässt und die Lebensfreude *Adieu* gesagt hat. Dann werden Ratgeberbücher interessant, die ein ausgeglichenes Leben versprechen, ein glückliches Dasein in Balance mit sich und seiner Umwelt. Ein stressfreies, auf das Wesentliche konzentriertes Leben. Kurz, dass man wieder lernt zu leben, wie man es vor einem Jahrzehnt bereits getan hatte. Bevor man in das immer schneller drehende Hamsterrad einstieg.

Jonas hält inne und wiederholt aus dem Gedächtnis die eben gelöschte Nachricht.

»*Wenn du wüsstest, dass du in zwei Jahren stirbst, was würdest du zutiefst bereuen, in deinem Leben nicht getan oder zumindest versucht zu haben?*«

Langsam erhebt er sich von seinem Hocker, geht nachdenklich zu den Schubläden neben dem Kühlschrank und nimmt aus dem mittleren Schuber eine Tafel Vollmilchschokolade. Vor dem geöffneten Notebook sitzend, packt er die in Papier und knisternde Alufolie verpackte süße Verführung aus, bricht ein großes Stück ab und nimmt es in den Mund. Das angenehme, weiche Kakaoaroma entfaltet sich mit wohliger Süße.

Hm, was würde ich zutiefst bereuen, nicht getan oder zumindest versucht zu haben, fragt sich Jonas in Gedanken.

Mit der Familie per Schiff von Hamburg nach New York reisen und dabei Island und Grönland sehen. Durch die Altstadt von Jerusalem gehen. In einem Hubschrauber mitfliegen. Im Toten Meer baden. Auf der chinesischen Mauer stehen. Einen Sonnenaufgang auf dem Wendelstein erleben. Ohne Zeitdruck mit einem Wohnmobil von Gibraltar aus quer durch Europa bis zum Nordkap reisen.

Aber das ist alles nicht so leicht zu vereinbaren. Ich muss doch meine Projektarbeiten erledigen. Meine Pflichten. Ich habe doch eine Familie, die ernährt werden muss. Ein Einfamilienhaus, für das die Zinsen pünktlich zu zahlen sind. Unter dem Eindruck des Abends in der Sportgaststätte fällt ihm plötzlich noch eine Antwort ein. Ja, mit einem Schlag wird ihm klar, was er bereuen würde, nicht in seinem Leben getan zu haben. Und noch in dieser Nacht wird er damit beginnen. Sein Traum ist ...

Einmal eine Geschichte niederzuschreiben

Es einfach einmal versuchen. Na klar, was kann schon schief gehen. Jonas überlegt, was denn schlimmstenfalls passieren könnte und sieht vor seinem geistigen Auge, wie er einer Verlagsangestellten gegenüber sitzt. Die schlanke, braunhaarige Lektorin im langweiligen grauen Blazer mit unsymmetrisch aufgetragenem kirschroten Lippenstift blättert in seinem dünnen Manuskript. Sie schnauft beschwerlich tief durch, legt dann sachte die wenigen Seiten auf den Glastisch, nimmt die Brille ab, kneift kurz leicht genervt die Augen zusammen, zieht die Stirn mächtig in

Falten und sagt: »Mein Guter. Warum probieren Sie es nicht mit Fußball. Vielleicht haben Sie da mehr Talent. Fußballer werden in Deutschland immer gebraucht.«

Egal, denkt Jonas, jetzt erst recht. Ich schreibe eine Geschichte.
Aber ...welche Geschichte? Er reibt sich das Kinn, was er immer tut, wenn er nachdenkt. Dann dämmert es ihm: Eigentlich brauche ich ja nur den heutigen Abend festzuhalten.
»Aber ich muss unbedingt die Namen der Orte und Personen ändern. Das kann ich so nicht bringen.«, murmelt er.

Jonas bricht ein weiteres Stück Schokolade von der Tafel vor sich ab. Als er es langsam in seinen Mund führt, kommt ihm die erste Idee. Der Ortsname. Die Pfarrkirche von Haidkirchen wurde dem ersten christlichen Märtyrer geweiht, Stephanus. Also einfach die erste Silbe *Haid* ersetzen durch Stephanus.
Stephanus-kirchen.

»Stephanuskirchen«, sagt Jonas. »Stephanuskirchen? Klingt irgendwie schräg. Das **u** weg. Dann heißt es: Stephanskirchen. Ja, das hört sich gut an. **Stephanskirchen**. Ein ausdrucksstarker, erhabener Name.«
Jonas freut sich über den Namen: »Und die Bewohner von Stephanskirchen haben hoffentlich genauso Mumm in den Knochen wie einst Stephanus. Ja, da kann man bestimmt gut leben!«

Und die prächtige kleine Stadt auf der anderen Seite des Flusses, Innhausen. Vielleicht kann ich den Stadtnamen mit der Geschichte verbinden. Daniel schenkt Eva eine Rose. Auch am Ende bei ihrem Selbstmord kommt die Rose wieder zum Vorschein. In allen meinen Geschichten, die ich in den Halbzeitpausen erzählt habe, tauchen immer Rosen auf, denkt sich Jonas.

Warum?

Woher kommt das?

Hat es mit dem Traum zu tun, den er alle paar Monate, immer und immer wieder durchlebt? Jonas erinnert sich angestrengt an jedes Detail in seinem wiederkehrenden Traum:

Er steht alleine auf einem kiesigen Weg in einem großen Park. Es ist sehr hell. Ein römischer Brunnen mit seinen überlaufenden Schalen plätschert vor sich hin. Das Gurgeln des Wassers ist das einzige Geräusch. Die Büsche ringsum sehen prächtig aus, saftig grün und gepflegt. Zwischen den Büschen treiben große Rosen nach oben. Und er entdeckt plötzlich einen stattlichen Mann mit Schürze, der in einiger Entfernung mit der Schere einen imposanten Rosenstrauch zuschneidet. Er sieht den Mann nur von hinten, geht langsam auf ihn zu und ruft bereits aus der Entfernung: »Hallo, Herr Gärtner. Guten Tag, sagen Sie mal bitte, wo bin ich hier? Wie heißt denn dieser wunderbare Rosenpark?«

Keine Reaktion.

Er probiert´s noch mal: »Grüß Gott, ich wollte fragen …«

In dem Moment wendet sich der grauhaarige Mann in grüner Gärtnerkleidung um und murmelt: »Ja, Mensch. Hier bin ich.«

Erstaunt bleibt er stehen und sieht in das milde Lächeln des alten Mannes:

»Na Jonas, gefallen Dir meine Rosen?«

Der Angesprochene ist völlig überrascht, total perplex und fragt: »Woher kennen Sie mich?«

»Ach Jonas. Mach dir mal keine Sorgen. Ich kenne euch alle.« *Der alte Mann kratzt sich am Nacken:* »Aber es wird immer schwieriger mit den Namen. Wie viele seid ihr jetzt schon: 7 Milliarden? Aber dich kenn ich. Rufst mich ja ab und zu. Wenn´s dir dick eingeht. Wenn´s gut läuft, ist Funkstille.«

Der grauhaarige Mann dreht sich um, greift in den Rosenstrauch vor sich und zwickt mit der Schere den Stiel einer Rose durch. Dann wendet der Gärtner sich ihm wieder zu, streckt ihm eine rote Rose mit langem Stiel hin und meint: »Hier Jonas. Das ist deine Rose. Behandle sie gut.«

»Danke.«

Der Gärtner schaut ihn noch mal eindringlich an.

»Hast Du verstanden, Jonas? Behandle die Rose gut.«

»Ja, ja. Alles verstanden.«

Lauter und mit einem zornigen Grundton sagt der Gärtner: »Nichts versteht ihr Menschen. Eine große Klappe habt ihr. Mehr nicht.«

Aber dann entspannt sich das Gesicht des alten Mannes wieder und er sagt mit einer sanften Stimme:

»Schau Jonas. Die Rose ist ein Sinnbild für das Leben eines Menschen. Auch du hast begonnen als eine kleine Knospe, bist gewachsen und konntest dich entfalten. Im Moment bist du in der Blütezeit deines Lebens. Aber es wird auch das Welken kommen. Nimm die Rose an, wie sie ist. Mit Stacheln. Du siehst die Stacheln an dem Stiel deiner Rose und kannst daran vorbei greifen. Es wird dir nicht immer gelingen, denn die Stacheln sind die Probleme und Schläge im Leben eines jeden Menschen. Es wird auch Schmerzen geben in deinem Leben.«

»Wer bist du?«

»Jonas, ich bin der Gärtner, der jedem Menschen eine Rose schenkt.«

Von dieser Antwort überrascht schaut sich der Beschenkte um. Nur er und der alte Mann in Gärtnerkleidung sind in dem Park. Der römische Brunnen plätschert unbemerkt vor sich hin, das Wasser in den Schalen ruht und fließt zugleich, ansonsten ist es still.

Der Gärtner schaut Jonas lange an und meint: »Ich gebe dir noch ein paar Pflegehinweise: Schau nicht bloß auf die Stacheln, sondern auf die glatten Stellen dazwischen. Und wenn's mal passiert, dass du in einen Stachel greifst, habe ein Pflaster in der Nähe. Und führe jeden Tag die Blüte an deine Nase, damit du den Duft der Rose, den wunderbaren Duft des Lebens, wahrnimmst. Und gib deiner Rose immer wieder frisches Wasser, frische Ideen für ein interessantes Leben. Denk daran, auch deine Blüte wird welk werden.«

Exakt an dieser Stelle erwacht Jonas immer aus seinem Traum.

Es ist zum verrückt werden!
Er hätte den Gärtner gerne noch so viel gefragt. Nicht über Rosenpflege, sondern über die Bausteine der Welt, über Elementarteilchenphysik. Ist das Higgs-Boson wirklich der Schlüssel? Welche unglaublich schwer zu knackenden Nüsse der göttliche Gärtner noch parat hält? Könnte der göttliche Gärtner auch einen entsprechenden Nussknacker den Physikern mal kurz leihen? Wie passt die Gravitation in die Theorie der Vereinigung der vier Wechselwirkungskräfte? Und wie lief es bei der Entstehung des Universums kurz nach dem Urknall wirklich ab? So in den ersten drei Minuten?
Und Himmel-Herr-Gott-noch-mal, warum hat es geknallt?
Sind wir nur ein Knallfrosch mit zufälligem Symmetriebruch in einem x-beliebigen Nebenuniversum?

Jedes Mal erwacht Jonas ohne Antworten.
Es sind aber auch völlig sinnlose Fragen.
Denn, wenn es Antworten gäbe, würden wir aufrecht gehenden Wirbeltiere, trotz evolutionsbedingt hoch entwickelten Gehirnen diese Antworten niemals wirklich verstehen.
Sei´s drum. Blöd gelaufen.
Hauptsache, Deutschland wird 2014 endlich mal wieder Fußballweltmeister.
Das hat wirklich Bedeutung.

Mit einem leichten Lächeln nimmt Jonas ein weiteres Stück der Schokolade in den Mund. Die Entstehung des Universums bleibt ungelöst. Die Frage, ob Deutschland 2014 wieder den Fußball-Olymp erklimmt, bleibt ungelöst. Aber für den Stadtnamen in seiner Geschichte hat er eine Idee.

Das Wort Inn wird durch Rosen getauscht.

Rosenhausen.

Die Rose als Sinnbild eines menschlichen Lebens: Mit ihrer Schönheit, ihrem Duft und den Stacheln. Die Menschen werden durch den Namen ihrer Heimat immer an die Besonderheit des Lebens, an ihre Rose, und an einen pfleglichen Umgang damit erinnert.

»Heimat. Das ist es.« Jonas tippt sich mit dem Zeigefinger an die Stirn.

Na klar, alle Menschen brauchen eine Heimat. Ein Heim. Rosen-heim. Ja genau. **Rosenheim**.

Die Menschen in dieser Geschichte *hausen* nicht, sie haben eine Heimat. Und diese Heimat schätzen und lieben sie.

Für Jonas gibt es ein sehr einprägsames Bild für den Begriff Heimat. Wenn er nach anstrengenden Auslandsdienstreisen vom Flughafen München nach Innhausen gefahren wird und dann vom Irschenberg auf die Berge und die Landschaft blickt, er den unverrückbaren Wendelstein sieht, dann fühlt er es immer ganz tief in seinem Herzen: Ich bin wieder daheim.

Jonas steht auf und holt aus dem Stapel Zeitungen und Prospekten neben dem Anrichteschrank die Wochenendausgabe der hiesigen Tageszeitung. Er blättert sie auf dem Esstisch durch, bis er auf der Sportseite angekommen ist.

»Jetzt erlaube ich mir mal einen Scherz.«, brummelt Jonas mit einem Lächeln und sucht die Tabelle der dritten Fußball-Bundesliga. Nach 27 Spieltagen, weit abgeschlagen auf dem 20. und letzten Platz findet er seinen Kandidaten, den FC Bayern München. Dieser arme, total verschuldete unbedeutende Fußballclub, FC Bayern München, der immer im Schatten der übermächtigen 1860-iger steht, denkt Jonas, wird in meiner Geschichte ein großer Verein sein. Der FC Bayern München spielt im März 2011 im Achtelfinale der Champions League gegen irgendeinen italienischen Verein. Inter Mailand zum Beispiel. Und die Übertragung des Fußballspieles in der Gaststätte des Stephanskirchner Sportvereines stellt die Rahmenhandlung dar.

»Jawohl, so schreib ich es nieder.«, ist sich Jonas sicher.

Er startet das Textverarbeitungsprogramm auf seinem Notebook, stellt die Schriftart auf Century Gothic 10 Punkt ein und tippt den Titel seiner ersten Geschichte ein:

Der lateinische Schal

Jonas fühlt sich unendlich frei und ein Strom von Glück, Gedanken und Ideen durchzieht seinen Kopf. Aus kleinen Gedanken werden Ideen, aus Glühwürmchen werden Blitze. Und dann flüstert er: »Ich lebe. Oh Gott, ich danke dir. Ich darf leben. Alles um mich herum ist real. Diese Welt existiert.«

Er nimmt das letzte Stück Schokolade, lässt es langsam auf seiner Zunge zergehen und sagt leise, ganz leise:

»Hoffentlich merken die bedauernswerten Figuren in meiner Geschichte niemals, dass es sie gar nicht gibt. Dass ihre Welt nur eine Illusion ist.«

Jonas hat die Schreiblust gepackt, er sitzt aufrecht vor seinem Notebook und ihm fällt sofort der Anfang ein. Schnell tippt er die ersten Sätze:

Wenn die Bayern gegen die Italiener weiterkommen wollen, brauchen sie im Rückspiel zu Hause in München bloß Unentschieden spielen. Und nach dem 0:1 Auswärtssieg kann das nicht so schwer sein. Darüber sind sich alle Besucher der Gaststätte des Sportvereins der südostbayerischen Gemeinde Stephanskirchen einig. Alle Besucher, die das Champions League Achtelfinalrückspiel zwischen dem FC Bayern München, dem Vorbild aller deutschen Fußballvereine, und Inter Mailand an diesem Märzabend bei kühlem Bier und saftigem Steak auf der großen Leinwand verfolgen wollen.

...

ENDE

... noch nicht ganz.

Epilog

Auf der anderen Seite des Spiegels - 30. März 2011
Kommissar Brandl blättert nervös in dem schwarzen Aktenordner vor sich und murmelt: »So a Scheiß. Ausgerechnet in mei'm Bereich.«, und dabei streicht er sich über die letzten grauen Haare auf seinem Kopf. So einen Anruf, wie er ihn vor einer halben Stunde bekommen hatte, hat er in seiner fast 25jährigen Dienstzeit bei der Rosenheimer Polizei noch nie entgegen nehmen müssen. Es klopft an der Tür und ein junger Polizist schaut durch die Tür und sagt:

»Sie haben mich rufen lassen, Chef.«
»Ah, Kollege Schneider, kemman's rei. Nehman's Platz. Und schalt'n's Eahna Handy aus.«

Der schlanke, schwarzhaarige Polizeifrischling befolgt wortlos die Aufforderung, aber mit einem Gesichtsausdruck, in dem jeder Mensch lesen kann, was er denkt: »Himmel, was will denn der Boss nun schon wieder von mir.« Er legt das Handy auf dem Schreibtisch vor sich ab und setzt sich auf den rechten der beiden Stühle davor. Das Büro ist weder geschmackvoll noch irgendwie interessant, einfach nur nüchtern und kalt. So wie es für den

Arbeitsplatz eines Kommissars, der Tötungsdelikte untersucht, passt.

»Wir wart'n no auf den Kolleg'n Bauer.«, unterbricht Brandl die Stille und bemüht sich um eine hochdeutsche Aussprache.

»Warum wollen Sie mich sprechen, Chef? Gibt es ein Problem?«

»Naa, naa, keine Sorge, ois lösbar.«, und in Gedanken fügt Brandl hinzu »Weg'n dir Arsch hob i jetzad a Scheißproblem am Hals.«, aber Brandl kann sich gut verstellen. Das hatte er in den vielen Jahren im Polizeidienst gelernt.

Dann beginnt der Kommissar wieder die Konversation:

»Sog'n Sie mal, Kollege Schneider, wia lang arbeit'n Sie schon in Rosenheim?«

»Also, nächsten Monat werden es zwei Jahre. Und bei Ihnen, Chef, Abteilung Tötungsdelikte, bin ich seit zirka 8 Wochen.«

»Ja, i hob schon g'hört, Sie glänz'n durch Eahnan Fleiß und Zielstrebigkeit. Sie weardn's bestimmt no weit bringa. Vielleicht. Liegt ganz bei Eahna.«

Die Anspielungen verunsichern Schneider nun doch, Brandl erhebt sich aus seinem Drehstuhl, geht zum gekippten Fenster und schließt es entschlossen. Zu Schneider gewandt fragt er dann: »Sie ham Kinder, ned wahr? Gfoids Eahna bei uns? Gefällt es Ihnen hier in Rosenheim? I moan, so a Preiß wie Sie san.«

»Kein Problem, ich verstehe schon Ihre Sprache. Ja, meine Frau und ich sind sehr glücklich hier. Übrigens sind Hannoveraner keine Preußen. Wir sind Niedersachsen.«

»Scho klar, war ja nur a Spaß. Und Kinda?«

»Einen Sohn mit sechs Jahren und in Kürze erwarten wir unser zweites Kind. Wird auch wieder ein Junge. Das wissen wir schon. War auf dem Ultraschallbild klar und deutlich am Pimmel zu sehen.« Ein Anflug eines Lächelns huscht über das knorrige Gesicht des Kommissars.

»Wo wohnan's denn?«

Schneider weiß nicht, was das plötzliche Interesse an seinem Privatleben bedeuten soll, und antwortet:

»Wir wohnen in der Gemeinde Stephanskirchen. Meine Frau ist eine Einheimische, wir haben uns auf dem Jahrmarkt kennengelernt.«

»Wies'n. Des hoaßt bei uns Wies'n. Merkan Sie se des. De Wies'n gibt's scho seit hundertfuchzig Jahr. Niemals Jahrmarkt sogn. Und, wia is'so in Stephanskirchen?«

»Dort kann man wunderbar leben, wir sind dort sehr glücklich.«

»Schee. Und bald sans aa no zwofacha Papa.«

Wo bleibt bloß der Bauer, denkt sich Schneider, denn er will endlich wissen, warum er zum Chef zitiert wurde. Aber Brandl fängt wieder an:

»Wiss'ns, i bin in Rosenheim in d'Schul ganga, ins Finsterwalder Gymnasium. Kreizdeife, Latein war a oanzige Quälerei. Finsterwalder, des war a harte Schui', aber sehr guad. Im Nachhinein betrachtet.«

Mit einem Ruck erhebt Brandl seinen massigen Körper, das Resultat von guter Küche und wenig Bewegung in seinem

Schreibtischjob, geht zum Kalender, der einsam gegenüber an der Wand hängt und tippt auf den 24. Dezember.

»Herrschaftzeit'n, in 9 Monat is scho wieda Weihnacht'n. Weihnacht'n, des Fest der Familie. A Familie zum hom, gheard zu de glücklichst'n Erfahrungen von am Mensch'n. Des is mei Meinung.« *Und an Schneider gewandt fährt Brandl mit ruhiger Stimme fort:*

»Wiss'n 's Schneider, dass in meina Klass' a Bua war, Klaus hod er ghoassn, ja genau Klaus. Bei am Verkehrsunfall auf da Umgehungsstraß' in der Naha von da Innbrück'n is sei Vatta damois ums Leb'n kemma, ois er selba grod a moi zwölf Jahr oid war.«

»Ja, das sind schreckliche Schicksale, aber ich verstehe nicht, was Sie mir eigentlich sagen wollen.«

»Klaus hod den Tod vo sei`m Vatta nie überwund'n. Vorher war er a fleißiga Schüler, a richtiga Streba hoid. A hell's Köpfal in Mathe. Er hod ois oanziga auf Anhieb den genial'n Satz von Vieta vastand'n. Ja und dann is da Abstieg kemma. Falsche Freind, Sauf'n, Blaumacha und Rumhenga in da Stod. Er hod se nimma auskennt. Da Vatta hod eahm hoilt g'fehlt. Vattalose Kinda hams schwer im Leb'n.«

In ernstem Ton fügt Brandl noch hinzu: »Schneider, dengan's dro, wenn i am End' von dera Besprechung a Entscheidung von Eahna wui. I sog Eahna: Vattalose Kinda hams schwer im Leben.«

Brandl geht zum Schreibtisch zurück, lässt sich wie ein großer Sack in den Stuhl fallen, als es klopft und ein Mann Mitte vierzig seinen Kopf durch die Tür schiebt:

»Chef, wos is los? Du host o'gruaffa, i soll glei kemma.«

»Sepp, kimm rei. Mia ham a Problem.« und an Schneider gewandt und um eine für diesen verständliche Sprache bemüht:

»Kollege Schneider, das ist der Kollege Josef Bauer. Fachgebiet Personenidentifikation und Datenschutz.«

Brandl zeigt auf den freien Platz neben Schneider und Bauer, ein mittelgroßer Schwarzhaariger mit einem kleinen Bauchansatz, plumpst auf den Sitz.

»Chef, jetzad sog scho, wo brennt's denn?«

»Hört's her!« und nebenbei öffnet Kommissar Brandl die Schreibtischschublade rechts von ihm, greift hinein und legt dann vier rot-blaue Tickets vor die beiden auf den Tisch.

Bauer beugt sich zum Lesen vor und sagt: »Des is ja da Hamma, Chef, wia bist'n du an de Bayern-Karten kemma? Mei liaba Schiaba. Sogar VIP Bereich in da Allianz-Arena.«

»Die Karten san für des Bundesliga-Heimspui am 17. April gega Leverkusen. Champions League is ja des Jahr scho vorbei, nach dera 2:3 Heimpleiten gega Inter Mailand letztes Moi. De Karten san für euch zwoa und eire Frau'n. Macht's an schöna Ausflug zu den Bayern. Und wennds woids, konn i a no Kart'n für eire Kinda organisier'n.«

»Chef«, beginnt der Niedersachse, »es gibt doch einen Haken an dem großzügigen Kartenpräsent, nicht wahr?«

»Ganz genau, guad erkannt.«, und in einem klaren Befehlston sagt Brandl: »Kollege Schneider, bericht'n Sie dem Kolleg'n Bauer und mir kurz üba den Stand von de Ermittlungen von dem Selbstmörder bei da Kapell'n in Kleinholzen.«

Von dieser eher ruppigen Aufforderung überrascht beginnt Schneider zu sprechen:

»Am Montag den 21. März 2011 erhielten wir eine Meldung aus der Gemeinde Stephanskirchen. Eine Schülerin, die mit dem Radl unterwegs war, hatte gegen ca. 13:30 Uhr eine Leiche vor der kleinen Kapelle in Kleinholzen entdeckt. Genauer gesagt, einen Selbstmörder, der sich mit einem Gürtel an der großen Linde direkt vor der Kapelle erhängt hat. Also, unsere Kollegen fahren hin, um die Sache aufzunehmen. Spuren, Personalien, Anzeichen von äußerer Gewalt. Also Indizien für Mord und den ganzen Sums halt.«

Kommissar Brandl und Bauer schauen auf Schneider, hören aufmerksam zu und dieser setzt fort:

»Nun gut, die Leiche wird abgenommen und zur Identifizierung in die Pathologie in den Kühlraum geschafft. Und da liegt der Mann noch heute. Er hatte keinerlei Papiere bei sich, es gibt keine Zeugen für den Selbstmord, niemand kannte den Mann vor Ort. Aber der Mann war anderen Kollegen von uns nicht unbekannt, denn er hatte am Freitag zwei Wochen davor auf dem Stephanskirchner Friedhof am Abend lautstark randaliert. Die

Anwohner hatten daraufhin unsere Kollegen gerufen, und die nahmen den Mann dann mit auf die Wache. Er trug eine uralte blaue Soldatenuniform, weshalb jeder dachte, dass er ein stark alkoholisierter Faschingsballbesucher aus dem Wirtshaus in der Nähe des Friedhofes sein müsse. Bei der Vernehmung gab der Mann dann zu Protokoll, er heiße Martin Gruber und feiere gerade beim Wirt seine Hochzeit mit Eva Oberhuber, und dass er so um halb zehn Uhr abends nur kurz auf den Friedhof gehen wollte, um seinem verstorbenen Freund Daniel Niedermeier etwas zu sagen. Und von da ab könne er sich an nichts mehr erinnern. Er sei plötzlich in der Gruft seines Freundes aufgewacht und als er die schwergängige Türe geöffnet habe, nach draußen sah, sei alles um ihn herum verändert gewesen. Plötzlich stünden Bäume auf dem Friedhof, die vorher dort nie zu sehen waren. Auf die Frage, wann er geboren sei, antwortete er immer 10. Januar 1884. Und auf die Frage nach dem heutigen Datum, war er felsenfest überzeugt, dass der Tag seiner Festnahme, der Tag seiner Hochzeit mit Eva Oberhuber sei: Samstag, der 11. März 1911.«

»Herrschaftzeit'n. Der war ja ganz schee zuakifft.«, entfährt es Bauer.

»Wos ham's dann g'macht, Schneider?« fragt Kommissar Brandl nach.

»Nun, wir haben in unserer Datenbank keinerlei Informationen über einen Martin Gruber. Der Mann ist nicht erfasst, bei keinem Einwohnermeldeamt. Keine Informationen in den Bundesdateien. Es ist, als ob der Mann aus dem Nichts plötzlich aufgetaucht wäre.

Nun gut. Nach der Vernehmung wurde er noch bis zum Freitag 18. März zur Beobachtung in die Klinik Gabersee gebracht, erhielt dort psychologische Betreuung und am Ende sagte er brav nach, was er jeden Tag in der Zeitung lesen konnte und ihm das medizinische Personal erzählte. Und zwar, jetzt sei das Jahr 2011 und er habe bei einem Faschingsball von irgendjemandem K.O.-Tropfen ins Bier bekommen. Deshalb der Gedächtnisverlust. Leider habe ihm jemand seine Brieftasche mit seinen Papieren und dem Geld geklaut. Nun gut. Er erhielt einen vorläufigen Ausweis, wurde aus Gabersee entlassen, denn er benahm sich nicht auffällig und hatte ja kein Verbrechen begangen. Er fuhr daraufhin mit einem Bus nach Rosenheim. In Rosenheim kam er in einer kleinen Pension unter. So, und ab da wird es schon seltsam.«

Der Chef und Bauer hören aufmerksam zu und Schneider fährt mit seiner Erläuterung fort:
»Wir haben eine Zeugenaussage aus dem Rosenheimer Rathaus. An dem Tag, an dem sich der Mann, der sich Martin Gruber nannte, erhängte, war er vorher im Stadtarchiv des Rathauses und bat um Einblick in die Chroniken. Ganz besonders interessierte er sich nach Aussagen der Angestellten im Archiv für die Jahre 1909 bis 1911. Er verbrachte ungefähr eine Stunde dort und verließ dann kreidebleich, ohne ein Wort zu sagen, das Archiv. Ein paar Stunden später erhielten wir die Meldung über den Selbstmord an der Kapelle.«

Der Chef verdreht die Augen: »Vasteh' i des richtig? Erst weard a aus Gabersee entlass'n, find't a Unterkunft in a

Rosenheimer Pension, gehd am Montag ins Stadtarchiv, liest do oide Zeitungen und do drauf hi erhängt er si.«

»Richtig, Chef. Natürlich haben wir nachgeforscht, was denn so in den Zeitungen dieser Jahrgänge steht. Also, es wird tatsächlich im März 1911 von einer Hochzeit zwischen einem Martin Gruber und einer Eva Oberhuber berichtet. Ein halbes Jahr später, im September 1911, findet sich dann ein Artikel im Rosenheimer Tagblatt, dass sich eine Frau mit dem Namen Eva Gruber am großen Baum an der Kleinholzener Kapelle mit einem Schal erhängte.«

Der Chef und Bauer haben den Mund offen, sie sagen nichts.
Schneider redet weiter:»Das ist doch unglaublich, nicht wahr? Die ganze Sache und die Reaktion des Mannes lassen doch nur eine Schlussfolgerung zu: Er hat tatsächlich einhundert Jahre schlafend in der Gruft gelegen, wacht auf und nichts ist mehr so wie vorher für ihn. Seine geliebte Frau, mit der er eben noch überglücklich vor dem Traualtar stand, hat sich aus Verzweiflung über sein Verschwinden umgebracht.«

Nach den Worten von Schneider herrscht für fünf Sekunden absolute Ruhe im Büro. Dann grunzt der Kommissar: »A so a Schmarrn.«
Und er fährt fort: »Aba wissn's Schneider, koa Schmarrn is jetzad, wos i eich zwo zum sogn hob.«
Hochgespannt sitzen die beiden Polizisten ihrem Vorgesetzten gegenüber und dieser sagt betont ruhig:

»I hob an Anruf aus der Bayrisch'n Staatskanzlei kriagt. Vo ganz oben. Und da oben is ma gar ned begeistert von dera G'schicht von dem Erhängten ohne Identität.«

Der Kommissar nimmt die Bayern VIP Karten und schiebt jedem zwei Stück über den Tisch zu. Er hat die ungeteilte Aufmerksamkeit der Männer.

»Kollege Schneider, Kollege Bauer. Die Staatskanzlei bittet uns, dem Tot'n a glaubwürdige Identität zu verpass'n. Dann meld'n wir nach München, dass der Fall g'löst is. Koane Probleme mehr. Und oa g'lösta Fall mehra in da bayerisch'n Kriminalstatistik.«

»Was?« Schneider kann nicht glauben, was er eben hörte und zweifelt: »Das kann doch nicht ihr Ernst sein, Chef. Das wäre Amtsmissbrauch! Wozu dieser Betrug?«

»Weil des politisch so g'wollt is« und dabei hebt Brandl aus seinem Ordner ein Foto hoch. »Kennan Sie beide diese Person?«

Die zwei Angesprochenen nicken und der Kommissar fährt fort:

»Scho boid werd diese Person zum neia Innenminister berufen werd'n. In oa, zwo Wocha gehd des durch de Presse. Aba des is nur de Zwischenstufe. Der zukünftige Innenminister möcht' koan Skandal. Er wui sein Post'n b'halt'n und er hod Ambitionen ganz nach ob'n.«

Brandl erklärt weiter: »Stellts eich doch amoi vor, wenn oana von de politisch'n Gegner Wind von dera Sach' kriagt. Im hoch gelobt'n sichern Bayern daucht a Leich' auf, und die Polizei find't *die Identität ned raus und gibt als Begründung o, dass der Tote hundert Jahr' in a Gruft g'schlafa hod. Wenn des irgendoa Journalist midkriagt, der braucht nur a Kurzmeldung schreib'n und schon macht se de ganze Republik über den neia Innenminister lustig. Des is schlimma ois a obgschriebne Doktorarbad. Der Mo waar politisch hi. So oana konn nur no in de USA auswandern oder si in EU Arbeitskreis'n zoagn.«*

»Der zukünftige Innenminister hat persönlich bei Ihnen angerufen, Chef?«, will Schneider nun wissen.
»Ah woher. Natürli neda. So wos weard der betroffen'a Person imma üba Mittelsmänner in da Kanzlei mitgeteilt. Es gibt bei soiche G'schicht'n niamois oadeutige direkte Kontakte. Fois irgendwos auffliagt, ko der Minister ois leugnen. Es gibt ja dann koane stichhaltig'n Beweise.«

Nun kann sich auch Bauer nicht mehr zurückhalten: *»Chef, des is a Ries'nsauerei! Warum soll'n wir denn so b'scheiß'n und a Identität erfind'n?«*
»Sepp, weil de in der Staatskanzlei mi sonst obsagln weardn. De versetz'n mi irgendwo hi und machan mia meine letzt'n nein Jahr' vor da Pensionierung zur Hölle. I griag dann blos no so Scheißjobs, bei dene ma imma schlecht ausschaut. Und des gehd dann immer in de Personalakte. Und imma schee oans drauf. Solang' bis i de Nerv'n valier und selba geh.«
Der junge Schneider staunt:»Damit wurde Ihnen gedroht?«

»Jawoi. Und wiss'n Sie was, mein liaba Kollege aus Hannova. I hob no nein Jahr bis zur Pensionierung. De wui i daleb'n. Und zwar ned ois a nervliches Wrack.«

Der Kommissar beugt sich vor und fährt im Flüsterton fort:
»Jetzad heards ma guad zu. Verschafft's dem Tot'n a Identität. Irgendwie. Ansonst'n dra i eich durch'n Wolf. I wui koan Ärger mit dene da ob'n. Vastand'n?«
Bauer und Schneider sind stumm, stocksteif. Keiner atmet.
Totenstille herrscht im Büro des Kommissars.
Schneider holt tief Luft, blickt zu Bauer und schaut dann dem Kommissar in die Augen: »Jetzt drohen Sie uns. Wir sollen die Personenidentifikation manipulieren. Prost Mahlzeit, Amtseid.«

»No amoi. Verschafft's dem Tot'n a Identität. Sepp, du gibstd'as in de Datenbank ei. Loss dir wos eifoin. Und Sie, Kollege Schneider, bestätigen dann de Angaben offiziell. Dann werd ois nach Minga gmeld't und ...«
Schneider fällt dem Kommissar ins Wort »...und die Karriere eines Ehrgeizlings im Innenministerium ist gerettet. Der nächste Wahlkampf kann kommen. Bloß, wir drei sind straffällig geworden.«
Bauer greift sich an die Stirn: »Herrschaftzeit'n, Chef, do mach ma uns aba ganz schee strafbar.«

Die Gesichtsfarbe des Kommissars wird immer röter, der Kessel steht sichtbar unter Druck, dann lässt er Dampf ab:

»Jetzad heards ma amoi guad zu. Entweda ihr zwoa lösts den Kleinholzner Selbstmordfoi, so wia i's grod gsogt hob, oda ...«
Schneider hat die Stirn in Falten: »... oder was?«
»... oda i schick eich zwo imma dohi, wo's ungmiadli is. Wenn Scheißeinsätz' in da Nachtschicht in Rosenheim am Salzstadel san. Schlägereien zwisch'n Bsuffane und de Band'n. Nachtschicht'n loss i eich schiab'n. Und i werd eire Nama a no an guadn Bekannt'n im Innenministerium weidageb'n. Da Minister weard im Fall von am Skandal wiss'n woll'n, wer eahm de Supp'n eibroggt hod. Und dann sorgd da Minister dafür, dass ihr dauernd vasetzt weards. Maximal a hoibs Jahr in oana Station, dann wieda in de nachstde Stod. Oda irgendwo an da tschechischen Grenz. Ihr weardts eire Familien wenig sehng. De tschechische Grenze rauf und runta. Bis es zwoa mürbe seids.«

Bauer hat es die Sprache verschlagen. So hatte er seinen Chef noch nie kennengelernt. So ein Fiesling. Schneider ist auch fassungslos, jedoch nicht sprachlos: »Das meinten Sie also vorhin damit: Vaterlose Kinder haben es schwer im Leben.«
»Bravo Schneider, guad erkannd. Lösds den Foi, wia de do ob'n es woll'n, und ois is guad. Deads ihr des ned, zerstör' i eicha Familienleb'n. So wia mi dann da Minister obschiaßt, weards eich aa ergeh.« Dabei deutet er auf die Bayern-Tickets: »Ihr habt's de Wahl.«

Bauer greift zu den Tickets vor sich, schaut sich die Vorderseite an und meint lapidar: »Gega Leverkus'n solld'n de

Bayern a Chance ham. Mei Weibi wollt' scho imma amoi a Spui in da Arena o'schaung.«

Der Kommissar grinst: »A kluge Entscheidung, Sepp.«

Beim Aufstehen steckt Bauer seine Bayern-Karten in die Hosentasche und sagt: »Es san ja koane unmittelbar Betroffenen mehr do. Wenn mia a neie Identität für an hundert Jahr' oidn Tot'n erfind'n, weard ja koana groß benachteiligt. Eigenlich bleibt ja neamads auf da Streck'n.« Mit diesen Worten verlässt Bauer das Büro.

Schneiders gemurmelte Antwort kriegt er nicht mehr mit: »Nichts bleibt auf der Strecke, nur die Wahrheit.«

»Herrschaftzeit'n no amoi, Schneida.«, schnauzt Brandl.

»Koan intressierd heid no de Wahrheit. Schoitn's doch bloß a moi Eahnan Fernseher o.«

Nach einigen endlos erscheinenden Sekunden antwortet Schneider seinem Vorgesetzten abfällig: »Erpressung. Das ist die pure Erpressung.« Nach diesen Worten nimmt auch er die zwei Bayern-Karten und sein Handy vom Schreibtisch und geht Richtung Tür. Vor dem Verlassen sieht er noch einmal in das erleichtert grinsende Gesicht des Kommissars zurück. Die Tür knallt zu.

Stille.

Der Kommissar sitzt minutenlang alleine ruhig in seinem Büro, er genießt seinen Triumph. Den Lärm der Straße nimmt er nicht wahr. Das Identitätsproblem des Selbstmörders wird, wie vom zukünftigen Innenminister gewünscht, gelöst werden. Eine

bedeutende politische Karriere wurde gestützt. Der Kommissar lässt seine Gedanken nun schmutzige Pfade gehen. Er denkt, wenn er etwas für die Laufbahn des Ministers getan hat, dann kann der sich auch ein wenig erkenntlich zeigen. Der einzig nützliche Spruch, den sich Brandl aus dem quälenden Lateinunterricht seiner Schulzeit merken konnte, kommt ihm in den Sinn:
Manus manum lavat.

Richtig, das trifft es! Eine Hand wäscht die andere. Vielleicht werde ich ja noch zweimal befördert, so kurz vor der Pension. Das macht richtig viel Kohle aus. Der Ruhestand wird sehr behaglich werden. Vielleicht reicht es mit dem Ersparten auch für ein schönes Wohnmobil. Alle schönen Landschaften und Städte Europas bereisen und ...

Es klopft.
Der Kommissar schreckt aus seinem Tagtraum auf. »Ja. Herein.«
Die Tür öffnet sich.
Der Kommissar erkennt die eintretende Person sofort:
»Ah, Schneider, Sie. Hams scho de g´änderte Identität bestätigt?«
»Ja. Das habe ich. Kollege Bauer hat aus dem Selbstmörder einen depressiven Drogenabhängigen aus dem östlichen Ausland gemacht. Also, die bayerische Statistik wird nicht belastet werden.«

Der Kommissar verzieht die Mundwinkel zu einem selbstherrlichen Grinsen und antwortet: »Wundabar. Na seng´S, des war doch gar ned so schwaar. Danke. Sie kenna geh.«

Schneider bleibt jedoch stehen: »Eine Sache noch Chef.« und dabei zieht er sein Handy aus der Hosentasche und legt es auf den Schreibtisch.

Brandl inspiziert mit seinen Augen das Handy und schweigt.

Schneider tritt einen Schritt heran: »Nun Chef, glauben Sie mir, die Handys haben sich in den letzten Jahren technisch enorm weiterentwickelt. Zum Beispiel das eingebaute Mikrofon. Richtig smart sind die Telefone geworden.«

Die Halsschlagader des Kommissars schwillt an und er fragt: »Wos soi jetzad des bedeitn?«

»Nun Chef, als ich beim Eintreten ihre Aufforderung zum Abschalten des Handys bekam, drückte ich den Mikroaufnahmeknopf. Sorry.«

Der Kommissar schweigt, aber Schneider meint mit einem verschmitzten Lächeln:

»Ein interessanter Mitschnitt, mit guter akustischer Qualität. Man versteht jedes Wort von Ihnen.«

Dann deutet Schneider auf die eingebaute Kamera an seinem Smart-Phone.

»Ich habe auch zwei Fotos gemacht. Und zwar von der Monitordarstellung der Personenidentifikationsdatenbank, vor und nach der Manipulation. Chef, auch die Kameras haben sich weiterentwickelt. Datum und Uhrzeit sind gut lesbar. Schauen Sie mal in Ihr Postfach.«

Der Kommissar dreht sich mit rotem Kopf nach rechts, Richtung Monitor, rüttelt die Maus auf der Gummiunterlage, der PC erwacht wieder. Dann sieht er in seinem Posteingang, dass eine Mail von Schneider eingegangen ist, mit drei Anhängen, zwei Bilder und eine Audiodatei.

»An wen hams de Mail no g'schickt?« *stöhnt der Kommissar.*

»Nur an Sie, Chef.«

»Wos woll'n Sie jetzad von mia?«

»Ich will, dass der zukünftige Innenminister niemals Kandidat für das Ministerpräsidentenamt wird. Sein Name darf nicht auf dem Wahlzettel zur Landtagswahl erscheinen. So ein Mensch darf niemals an der Spitze eines Landes stehen. Der Fisch stinkt immer vom Kopf her. Und dafür ist Bayern zu schön.«

Der Kommissar greift sich in seiner Verzweiflung mit beiden Händen an den Kopf.

»Sie idealistischa Depp, Sie Spinna! So a Schmarrn«, *der Kommissar kann sich nicht mehr zurück halten und schnauzt weiter.* »Für wos für an Übamensch'n hoidn Sie si eigentlich?«

»Chef, beruhigen Sie sich. Übermenschen gibt's in der Philosophie und in der kitschigen Romanliteratur. Aber nicht im wirklichen Leben.«

Einige Sekunden starren sich die beiden Männer schweigend an. Keiner atmet.

Dann hält der Kommissar die Stille nicht mehr aus:

»Und. Wia woi'n mia jetzad weidamacha?«

»Ganz einfach. Sie informieren den zukünftigen Innenminister über den Stand der Dinge. Seine Laufbahn im Ministerium bleibt unangetastet, aber sollte er weiter nach oben streben, wird die Mail umgehend an einschlägige linke Redaktionen in Deutschland weitergeleitet. Und der Anhang ist wahrlich explosiv. Und ich bin jederzeit bereit, dafür vor Gericht einen Eid zu leisten.«

»Sie woll'n mi fertig macha.«

»Unsinn. Ich will Sie nicht fertig machen. Ich stehe einfach nur zu meinen Prinzipien. Versuchen Sie es halt auch mal.«

»Raus! Sofort raus! Typ'n, wia Sie find' i so dermaß'n zum Kotz'n!«

Schneider überhört absichtlich die letzte Bemerkung des Kommissars, dreht sich mit einem leichten Schmunzeln auf der Stelle um, geht zur Tür, öffnet diese und wendet nochmals seinen Blick zurück.

»Chef. Eine Bemerkung noch zu den Bayern-Karten.«

Der Kommissar hält seine rechte Hand an die Stirn, er ist genervt:

»Ja. Wos is denn no?«

»Chef. Mit Speck fängt man Mäuse. Aber doch nicht mit Fußballkarten für den FC Bayern. Waren Sie schon mal in einem Eishockey-Heimspiel der Starbulls Rosenheim?«

Der Kommissar sieht Richtung Tür zu Schneider: »Wos?«

»Ich meine, haben Sie schon mal diese fantastische Atmosphäre bei einem Heimspiel der Rosenheimer Starbulls erlebt?«

Der Kommissar versteht immer noch nicht, aber Schneider setzt fort:

»Gehen Sie mal nach einer anstrengenden Woche am Freitag Abend zu einem Heimspiel der Starbulls. Der ganze Stress der Woche, die ganze Anspannung fällt von einem ab. Die laute Musik ertönt, der Black Eyed Peas Song »I got a feeling« und das Starbulls-Lied dröhnen aus den Lautsprechern. Die Eishalle ist abgedunkelt. Und dann kommen die Spieler aus der Kabine, der Strahler leuchtet jeden Spieler an, wenn er auf die Eisfläche stürmt. Auf den Rängen brennen die Fans ihre Sternwerfer ab. Das Licht geht an, die Fans singen, die Trommler geben alles. Und dann beginnt endlich das Spiel. Glauben Sie mir. Es gibt nichts Faszinierenderes als Eishockey!«

Der Kommissar zieht etwas verwundert die Augenbrauen hoch und hört Schneider weiter zu, der sagt:
»Die Starbulls sind gerade in die zweite Liga aufgestiegen und schon jetzt spielen sie groß in den PlayOffs mit. Das hätten Sie letzte Woche erleben sollen, wie die Rosenheimer beim 4:1 Heimsieg gegen Heilbronn den Einzug ins Halbfinale geschafft haben. Es war einfach nur gigantisch!«
»Schneider, Sie san a Eishockey Fan?«
»Nein Chef, kein Eishockey-Fan, ein Eishockey-Besessener!«

Einige Sekunden herrscht Stille im Büro des Kommissars. Nur der Straßenlärm der Hauptstraße unter dem Fenster dringt ein.
»Chef, wie gesagt, mit Speck fängt man Mäuse. Hätten Sie mir eine Sitzplatzdauerkarte für die Rosenheimer Starbulls angeboten. Ich glaube, da wäre ich ins Grübeln gekommen.«

Beim Rausgehen sieht Schneider, wie sein Vorgesetzter zusammen gesackt in seinem Bürostuhl hockt und mit einem mulmigen Gefühl an das unausweichliche Telefonat mit dem Innenministerium in München denkt.

Schneider steht noch kurz in der Tür: »Chef. Ehrlich, bei einer Sache wäre ich wirklich schwach geworden. Eishockey in dieser schönen Stadt. In Rosenheim.«

ENDE

Rechtliche Hinweise:
Urheberrechte bei Hubert Lechner
Walderingerstr. 42c, 83071 Stephanskirchen

Alle Figuren und Handlungen in dieser Erzählung sind frei erfunden und entbehren jeglicher realer Zusammenhänge. Eventuelle Ähnlichkeiten sind rein zufälliger Natur und keinesfalls beabsichtigt.

Danksagung:

Für die Unterstützung in diesem Buchprojekt
bedanke ich mich herzlich bei:
Angelika Lechner, Antonie Lechner, Heidi Schmid,
Stephanie Schmid, Petra Kirchner, Manuela Biebl,
Eric Schwabedissen, Petra Hofmann, Gaby Perl
und Hans-Jürgen Ziegler.